U0097438

古典詩歌研究彙刊

第十五輯

龔鵬程 主編

第 20 冊

譚獻詞學研究

曾沛婷 著

國家圖書館出版品預行編目資料

譚獻詞學研究／曾沛婷 著 — 初版 — 新北市：花木蘭文化出
版社，2014〔民 103〕
目 2+146 面；17×24 公分
（古典詩歌研究彙刊 第十五輯；第 20 冊）
ISBN 978-986-322-608-6（精裝）
1.（清）譚獻 2. 清代詞 3. 詞論
820.91 103001206

ISBN-978-986-322-608-6

9 789863 226086

古典詩歌研究彙刊
第十五輯　第二十冊　　　　　　ISBN：978-986-322-608-6

譚獻詞學研究

作　　　者	曾沛婷	
主　　　編	龔鵬程	
總 編 輯	杜潔祥	
副總編輯	楊嘉樂	
編　　　輯	許郁翎	
出　　　版	花木蘭文化出版社	
社　　　長	高小娟	
聯絡地址	235 新北市中和區中安街七二號十三樓	
	電話：02-2923-1455／傳眞：02-2923-1452	
網　　　址	http://www.huamulan.tw 信箱 hml810518@gmail.com	
印　　　刷	普羅文化出版廣告事業	
初　　　版	2014 年 3 月	
定　　　價	第十五輯 20 冊（精裝）新台幣 30,000 元	

譚獻詞學研究

曾沛婷 著

作者簡介

曾沛婷，1985 年生。2007 年東吳大學中國文學系畢業，主要興趣領域為中國古典文學及思想。修讀東吳大學中國文學研究所學位期間，主修詞學，2009 年曾發表〈蔣景祁選詞存史的表現及《瑤華集》被禁燬之因初探〉，碩士論文題目為《譚獻詞學研究》，並於 2013 年畢業。

提　　要

　　本論文以譚獻詞學為研究主題，探討的對象涵蓋譚獻的詞論、詞選以及詞集。首先考述譚獻之生平經歷，從《復堂日記》與〈復堂諭子書〉中的紀錄資訊，分成五個階段進行析述，以對於譚獻的家庭背景、求學過程、交游情形以及思想心境有一定的認識。其次分析譚獻的詞學論述與觀點，從常州詞派張惠言和周濟兩位代表性人物之詞論要點，進而分析譚獻對於常州詞派詞論的接收與表現，並從譚獻曾經習詞於浙西詞派的歷程，討論譚獻對於浙派詞論的認知與看法。

　　譚獻編有《篋中詞》，以清代詞人詞作為主要的編選範圍，並從客觀的角度呈現清代詞學的發展脈絡與概況，書中兼採收錄雲間、陽羨、浙西、常州等各派詞人，有以志派別之用意；其選錄時代更近至與譚獻同時之詞人，以至於友朋晚輩之詞作皆收錄於書中。由於《篋中詞》是為譚獻所獨力編選而成的一部清代詞選集，其編選歷程漫長，然而在譚獻的《復堂日記》當中能找到許多關於編選《篋中詞》的資料，故本文將其編選次序作一對照，以了解譚獻收錄詞作的情形與編選詞選的用意。

　　《復堂詞》為譚獻之詞作別集，原本收錄於《復堂類集》中，而《篋中詞》亦曾選錄其中部分詞作。《篋中詞》的編選時間雖早於《復堂類集》，然《復堂類集》所收集的詞作數量則較為完整，故本文以類集本所收錄之詞作為討論範圍，並將譚獻的詞作類型分為四類，進行分析，了解譚獻詞作的背景與作詞的心境；次以譚獻擇調的取向、常見的技巧為論述方向，並從譚獻同代詞人之評騭，與譚獻對於自己詞作的評述，以見其作詞之用心與意義。

　　本論文在諸多前人研究的基礎下，嘗試對於譚獻之生日與〈復堂填詞圖〉提出看法與根據，並對於《篋中詞》的選錄情況進行論述，將其中所選錄之詞人與詞作數量作一統計，並從其體例指出書中詞人與詞作重出的情形，以期能釐清長久以來對於《篋中詞》實際的收錄內容模糊不清的情況。

目

次

第一章　緒　論

　　詞始發展自隋唐，因其長短句式與合度樂拍的特質，故又被稱作「曲子詞」。由於曲子詞富有音樂性和娛樂性，故從市井伎藝以至於權貴宴席的場合當中都相當盛行，填詞也成為一種具有創作潛力以及欣賞效果的文學活動。兩宋期間，文人儒士對於填詞創作有著更積極的意識與表現，尤其自蘇軾「以詩為詞」的作詞方式開拓詞作新路，是而豐富詞作題材、提升詞作境界，詞成為兩宋時期最具代表性的文學體裁。然至元、明兩代，文士普遍重視科舉功名、崇尚復古文學，作詞沿襲模擬花間、草堂遺風，詞作內容流於俗豔，託體不高，是故詞在此時的發展情形可謂衰落。

　　詞發展至清代，號稱中興。吳梅《詞學通論》言：「明詞蕪陋，清詞則中興時也。」〔註1〕又黃拔荊《中國詞史》同樣說道：「清詞繼元、明兩代詞風衰落之後，重新崛起，史稱『中興』。」〔註2〕而清詞的興盛狀況，也明顯地呈現在詞人從事詞作創作的豐碩數量上，嚴迪昌《清詞史》中曾大概估算：「僅就編纂《全清詞》時匯輯情況而言，清初順治、康熙之卷即得詞 5 萬餘首，詞人數逾 2100。可以完全有把握地說，一代清詞總量將超出 20 萬首以上，詞人也多

〔註1〕吳梅著：《詞學通論》（北京：中國書籍出版社，2006 年），頁 191。
〔註2〕黃拔荊著：《中國詞史》（福州：福建人民出版社，2003 年），下卷，頁 150。

至 1 萬之數。」〔註3〕可見清代詞人與詞作數量之鉅，已大幅超越前代。

清詞的繁盛，同時也反映於其他詞學活動的熱絡情形，如群體派別的興起、詞學理論的建立，以及詞作別集、選集與詞學專書的刊刻輯錄等等，盛況空前。其中清代詞派輪替興起，不僅是清代詞學發展史中極為特殊的現象，也是促進清詞持續發展的重要因素之一。雲間、陽羨、浙西、常州等詞派的發展，皆是藉由詞人群體對於詞派理念的認同遵循，進以從事填詞創作或詞論陳述等活動，同時也促使詞派各自的主張色彩越見鮮明，形成一股龐大的凝聚力，對於當時詞壇都造成一定程度的影響力。而其中常州詞派之末緒餘響更遠達至清末民初，也是為近代詞學研究中最廣受探討的主題範疇。

第一節　研究動機與目的

論常州詞派最具代表性的創立標舉，始自嘉慶二年（1797）張惠言（1761～1802）與其弟張琦（1764～1833）共同編選與刊行《詞選》。張惠言精深經學，所撰《詞選》序文與詞評，皆可見其詞學思想乃出自於其治理經學的方式。雖然當時並尚未明確具名為「常州詞派」，但張惠言與《詞選》一書仍被視為常州詞派的創始領導與發展淵源。而常派的興起，正值晚期浙西詞派產生諸多弊病之時。

清初浙派以朱彝尊（1629～1709）為首，主張論詞必稱南宋，必舉姜、張，然而由於末流刻意追求詞作意境上的清空醇雅，是而漸失真實的情感意旨，甚至影響清代詞壇甚久，使詞的發展呈現停滯狀態；然而常派卻相對提出尊詞體、重詞意、詞有比興寄託等主張，從詞體的本質與作詞的筆法上進行深入的分析論述，欲針對當時浙派末流所造成的衰蔽現象，引起扳直矯正的作用，以深化詞作的內容意旨，提升詞作的風格精神。

〔註3〕嚴迪昌著：《清詞史》（南京：江蘇古籍出版社，2001年），頁1。

　　常州詞派繼張惠言與張琦之後，又有惲敬（1757～1817）、李兆洛（1769～1841）、董士錫（1782～1831）、周濟（1781～1839）與蔣敦復（1808～1867）等常派詞人，分別因為師承交友或地緣學術的關係，在詞學理論、詞作創作或詞選輯錄各方面有所表現與成就，同時也促使常派的詞學體系在當代造成極大的影響，甚至跨越地域性與時間性。

　　然而常州詞派的發展，並非一直持續呈現興盛的狀態。遲東寶《常州詞派與晚清詞風》在敘述常派的發展過程時曾經提及：「特別是道光十九年周濟卒後，常州詞派曾一度岑寂。」〔註 4〕常派之所以能於同光時期又再度重新崛起，遲東寶則認為造成此一現象的主要因素在於有譚獻（1832～1901）、陳廷焯（1853～1892）等常派後繼者的持續跟進與推動，並且在推崇提倡張惠言與周濟的詞學思想之外，同時也進行著詞論方面的修正與調整，使常派的詞學理念更能符合當時的環境背景，以及反映詞人更深層的意念表現，是而促使常派又再度於詞壇產生共鳴迴響繼以持續興盛。〔註 5〕

　　綜合上述常州詞派的發展脈絡和詞人特質兩項因素來看，譚獻可謂為具備諸多特質的常派詞人之一：其一，譚獻與張惠言、周濟同樣有論詞、作詞以及選詞方面的著述，其詞學表現相當廣泛；其二，譚獻籍貫浙江，學詞曾歷經先效浙派而後歸常派的過程，是以跨越地域性；其三，譚獻身處嘉道至同光年間的過渡時期，屬常派中晚期詞人，是以跨越時間性，可見譚獻與其詞學成就在常派中確實具有著承上啓下的中繼地位，是故譚獻於常州詞派中的代表意義有值得探討的價值。

　　論及譚獻的詞學理論，往往以《復堂詞話》一書作為代表，但此書實際上是由譚獻之門生徐珂（1869～1928）所輯錄而成，故詞話中

〔註 4〕遲東寶著：《常州詞派與晚清詞風》（天津：南開大學出版社，2008年），頁 34。

〔註 5〕參見遲東寶《常州詞派與晚清詞風》一書第五章〈同光時期常州詞派的詞學思想與創作傾向〉，頁 172～222。

不僅有譚獻的詞學論述，同時也附有徐珂的按語，用以標註每條詞論的選錄出處，抑或是徐珂相關的見聞與感想。徐珂曾經敘述編選《復堂詞話》一書之始末：

> 師之論詞諸說，散見文集、日記及所纂《篋中詞》、所評周止庵《詞辨》。光緒庚子，珂里居，思輯爲專書，請於師曰：「集錄緒論，弟子職也。侍教有年，請從事。」師諾，其年冬，書成呈師。師曰：「可名之曰《復堂詞話》。」〔註6〕

此段文字爲徐珂於 1925 年所記識，此年也爲《復堂詞話》一書付梓之時。由此可見譚獻在論詞方面的文字紀錄，原本散見於日記、詞選以及其他文章著述當中，並無專書。直至光緒二十六年（1900），徐珂請示於譚獻過後，才開始著手進行詞論的摘選輯錄，並於同年成書，又由於此書經過譚獻的過目與命名，故被視爲譚獻的詞論專著。然而《復堂詞話》一書從編成以至於刊刻完成的時間，長達二十五年，相距譚獻在同光時期對清代詞壇所造成的影響力而言，時間甚晚。故從此可知譚獻的詞學理論在詞話一書正式出現以前，早已受到重視和推崇。

《復堂詞話》由於爲摘錄體製，故其選錄範圍與篇幅必然有著一定的限制。如現今所能見的《復堂日記》版本，除了原來舊有的八卷本之外，另有加上補錄兩卷和續錄一卷的後續整理版本。若進一步對照詞話從日記中所選錄的範圍，則僅止於日記原有的八卷本以內，而在徐珂當時所未能得見的日記補錄卷與續錄卷當中，仍可發現有著許多譚獻在詞學方面相關的文字紀錄，則是爲《復堂詞話》未能完整呈現的缺陷之一。

又筆者逐條檢視與核對《復堂詞話》的選錄出處時，發現詞話選錄自《篋中詞》中的評語有五十四則，而《篋中詞》總共有六百一十九則評語，詞話所選比例尚不到十分之一；又詞話選錄自《譚

〔註6〕譚獻撰；徐珂輯錄：《復堂詞話》，見唐圭璋編：《詞話叢編》（北京：中華書局，2005 年），冊 4，頁 4020。

評詞辨》中的評語，除了僅少數幾處未選錄外的狀況〔註7〕，對於譚獻在《詞辨》中的評論文字幾乎全都摘錄。故從選錄的比例來看，徐珂在進行詞話的輯錄時，其節錄、刪選方式是否有其用意之所在，又徐珂學師於譚獻，在詞學理念上是否受其影響，皆是值得進行探討的問題。

近代對於譚獻在詞學方面上的表現與成就，有著「承常州派之緒」〔註8〕、「倚聲巨擘」〔註9〕、「亦近代詞壇之一大宗師也」〔註10〕等等極高的稱譽，可見譚獻在常州詞派以及清代詞學發展脈絡中的定位和貢獻。而在爲了能以較爲全面的角度來認識與解讀譚獻的詞學論點，筆者欲跳脫《復堂詞話》在選錄性質上的框架侷限，回歸譚獻原著文本中的相關論述，進而耙梳其詞學架構與表現。

第二節　相關研究文獻回顧

譚獻廣泛涉獵於各個學術領域，在進行初步搜索與收集文獻資料階段時，發現近代以譚獻爲研究主題對象的著述文章數量相當眾多。本節僅先針對與譚獻詞學方面相關的研究爲範圍，以了解譚獻詞學研究之概況。以下即對於前人研究所奠定之基礎與成果，作一整理回顧與簡要評述。

〔註7〕 《復堂詞話》未選《譚評詞辨》之文字紀錄有四處：卷一馮延巳〈蝶戀花〉首闋下片評：「無寄託出也。」、周邦彥〈六醜〉評：「悟。」、周邦彥〈大酺〉評：「向，亨去聲，方言。」以及卷二首頁上評：「周氏以此卷爲變，截斷眾流，解人不易索也。」又詞話中錄有「石湖詠梅，是堯章獨到之處。」兩句文字，根據徐珂按語，應出自於譚獻「評姜夔〈疏影〉、〈暗香〉、詠梅。首闋起句：『舊時月色。』」一處，然而在《譚評詞辨》書中卻未能找到此段文字之紀錄與出處。

〔註8〕 葉恭綽編：《廣篋中詞》，見楊家駱主編：《歷代詩史長編》（臺北：鼎文書局，1971年），第二十二種，頁172。

〔註9〕 冒廣生撰：《小三吾亭詞話》，卷一，見唐圭璋編：《詞話叢編》（北京：中華書局，2005年），冊5，頁4671。

〔註10〕 龍榆生編選：《近三百年名家詞選》（臺北：長歌出版社，1976年），頁146。

　　譚獻曾經表述自己詞學常州詞派，故被歸類為常州詞派之詞人，已成定論。而現今以「常州詞派」為主題範圍的書籍專著當中，有特別從詞派發展脈絡和詞論傳承演變對譚獻進行定位者，如朱德慈《常州詞派通論》將常派的發展脈絡分作「發軔、拓展、光大」三個時期，並將譚獻列於拓展期，同時認為譚獻的詞論屬於常派中「沿著張惠言、周濟倡導的比興寄託方面一直前行」的「守成型」詞人。〔註11〕或從時間與空間的概念，進行定位，如陳慷玲《清代世變與常州詞派之發展》以「鴉片戰爭後的社會氛圍」和「跨越地域性的限制」兩項時空因素，認為譚獻是常派中「由實轉虛」的分界點，即指譚獻跨越常派初始為地域籍貫性質群體的界定概念，轉而成為在理念上、精神上跟進與推崇常派的承繼者。〔註12〕譚獻生於道光十二年（1832），而常派當時的代表人物周濟卒於道光十九年（1839），遲東寶《常州詞派與晚清詞風》曾提出常州詞派在周濟卒後呈現「岑寂」的現象，而對照譚獻日後「以衍張茗柯、周介存之學」的發論，可見譚獻確實為促使常派詞論進入同、光年間又得以持續造成影響的關鍵人物之一。

　　目前所見對於譚獻詞學方面進行研究的期刊專文甚多，各自針對的主題也不盡相同，筆者試分為三類以進行敘述說明：

一、譚獻詞學通論研究

　　以譚獻詞論為主，進行較為廣泛性、整體性的研究有：冉耀斌、何永華〈譚獻詞學理論的繼承與創新〉與朱惠國〈譚獻詞學思想略論〉。前文以譚獻「推尊詞體」、「比興寄託」兩項詞論上的表現，證明譚獻對於張惠言與周濟詞學的繼承關係，同時並以譚獻「作者

〔註11〕朱德慈著：《常州詞派通論》（北京：中華書局，2006年）。參見此書第二章〈常州詞派的分期與譜系〉與第六章〈常派「守成型」詞人〉。其中朱德慈對於「守成型」詞人之定義解釋，見〈前言〉文中，頁2。

〔註12〕陳慷玲著：《清代世變與常州詞派之發展》（臺北：國家出版社，2012年），頁211～278。

之用心未必然，讀者之用心何必不然」此一詞學鑑賞批評理論，認為譚獻開拓常州詞派在詞作解讀與欣賞上的創新方式。〔註13〕後文同樣以譚獻詞論的繼承與創新爲論述要點，但主要著重在「比興柔厚」概念上承前啓後的脈絡；其中最爲特別的是，該文以現代文藝學角度，將譚獻「作者之用心未必然，讀者之用心何必不然」總稱爲「讀者本位說」，並以解讀學、詮釋學的角度，由作者、文本與讀者三要素間所產生的互動進行闡述，使詞論的內容意義更爲具體清晰。〔註14〕

　　除了多數針對譚獻詞論中較廣爲人知的研究部分之外，遲東寶〈譚獻的詞學思想〉一文則轉向探討譚獻「潛氣內轉」、「一波三折」、「幽澀之美」、「虛渾之境」四項詞論，並進行定義與解釋，將詞作的鑑賞思想與現代接受美學理論結合。〔註15〕由於往昔對譚獻此一部分詞學論點的相關論述較爲罕見，該文則以不拘泥於常派詞論體系的客觀角度申述之，擴充後人對於譚獻詞論研究的視野，具有相當值得參考的價值。

　　又或以譚獻單一詞論所進行的延伸研究：例如曹保合〈談譚獻的尊體論〉，該文藉由對譚獻《復堂詞錄》敘文的細微解讀，從中分述詞與《詩經》間在音樂、內容與筆法上的繼承關係，認爲譚獻的尊體論主要在於強化詞與《詩經》、辭賦之間的聯結，最後並指出譚獻尊體論因流於保守而缺乏開拓精神的問題。〔註16〕又如劉勇剛〈譚獻關於蔣春霖「倚聲家杜老」說辨析〉，是以譚獻《復堂詞話》對於蔣春霖《水雲樓詞》的評論爲切入點，將蔣春霖詞作與杜甫詩作兩

〔註13〕冉耀斌、何永華：〈譚獻詞學理論的繼承與創新〉，《甘肅教育學院學報（社會科學版）》，2003 年第 19 卷第 2 期，頁 16～20。

〔註14〕朱惠國：〈譚獻詞學思想略論〉，《中文自學指導》（2009 年 8 月更名爲《現代中文學刊》），2005 年第 3 期，頁 64～66。

〔註15〕遲東寶：〈譚獻的詞學思想〉，《南開學報（哲學社會科學版）》，2005年第 6 期，頁 40～46。

〔註16〕曹保合：〈談譚獻的尊體論〉，《甘肅廣播電視大學學報》，1998 年第1 期，頁 39～42。

者間的特色與精神，相互進行比對與聯結，進而映證譚獻評論蔣春霖爲「倚聲家杜老」之說是否合理及成立。〔註17〕

楊柏嶺〈憂生念亂的虛渾——譚獻「折中柔厚」詞說評價〉一文，先以譚獻的「折中柔厚說」爲該文論述主幹，並分別從「清詞的派別意識」、「詞家的時代體驗」以及「讀者的創造意識」三方面來闡釋「柔厚」說的來源雛形、精神映證以及解讀體驗，最後又從「藝術特質」上轉而分述「深澀」、「潛氣內轉」、「反虛入渾」等詞學論點。〔註18〕該文是對於譚獻詞論中較少被探及討論的部分，最早提出注意的一篇文章，然而由於僅援引《篋中詞》中之詞作與評述爲論述依據，對於諸項詞論意義與內涵上的解釋，也較爲抽象。

李劍亮〈論丁紹儀對譚獻詞學闡釋論的影響〉一文則特別以譚獻「作者之用心未必然，讀者之用心何必不然」之詞論進行溯源考證，並提出丁紹儀（1815～1884）《聽秋聲館詞話》的刊行時間早於《復堂詞話》，以及譚獻有諸多關於閱讀借鑒此書的紀錄，藉由以上兩項證據，認爲譚獻此一詞論乃源自於丁紹儀「作者不宜如此，讀者不可不如此體會」所發展而來。〔註19〕該文雖是以丁紹儀爲研究主題，但其考辨論證方式對於譚獻詞學思想上的接受來源以及詞論衍變始末上的研究，確實有著釐清與啓發的作用。

二、《復堂日記》、《復堂詞錄》研究

針對期刊論文在研究材料方面的使用，以譚獻《復堂日記》爲研究主題的有：方智範〈譚獻《復堂日記》的詞學文獻價值〉，藉由敘述譚獻《復堂日記》版本後續流傳與補錄的情形，強調日記是爲

〔註17〕劉勇剛：〈譚獻關於蔣春霖「倚聲家杜老」說辨析〉，《河南師範大學學報（哲學社會科學版）》，2003 年第 30 卷第 6 期，頁 96～100。

〔註18〕楊柏嶺：〈憂生念亂的虛渾——譚獻「折中柔厚」詞說評價〉，《中國文學研究》，2004 年第 4 期，頁 19～24。

〔註19〕李劍亮：〈論丁紹儀對譚獻詞學闡釋論的影響〉，《浙江大學學報（人文社會科學版）》，2005 年 9 月第 35 卷第 5 期，頁 144～149。

訂正、補足《復堂詞話》中疏失、遺漏問題之處的直接依據。該文指出，《復堂詞話》於引錄「丁亥」年（光緒十三年，1887 年）譚獻校閱周邦彥《片玉詞》此條文字紀錄時，誤作「丁丑」年（光緒三年，1877 年），故根據日記原始的正確出處，予以糾正。該文著重使用日記中與譚獻詞學活動方面相關的詞學材料，從分述譚獻與莊棫（1830～1878）、陳廷焯的關係，談論交游對於譚獻詞學思想上的影響；次而大量援引日記續錄卷與補錄卷中關於譚獻編選《復堂詞錄》、《篋中詞》，校閱詞集、詞譜與詞話以及評論其他詞人等詞學活動的文字記載。〔註 20〕該文不僅說明進行譚獻詞論研究時，回歸原典文本的重要性，同時也證明經過具備補錄卷和續錄卷的完整《復堂日記》版本，是在《復堂詞話》之外對於進行譚獻詞論研究者，所能提供更多探索空間與資料依據的重要線索來源，具體彰顯並提昇《復堂日記》的文獻價值。

　　譚獻曾以唐五代至明代之詞作為範圍，編選《復堂詞錄》一書，並撰有敘文。但《復堂詞錄》一書並未刊刻而成，其稿本目前僅存於北京國家圖書館。〔註 21〕由於《復堂詞錄》之敘文收錄於《復堂詞話》中，故常被作為研究譚獻詞論的文獻援引之一，例如前述曹保合〈談譚獻的尊體論〉，即是以對於敘文的解讀進行譚獻尊體說的申論研究。沙先一〈譚獻《復堂詞錄》選詞學價值論略〉則針對譚獻在編選《復堂詞錄》時的版本選源與選詞觀念，進行深入探討；藉由日記中譚獻曾經提及或參閱其他相關詞選書籍的紀錄，作為其詞錄選源材料的基礎論述。值得一提的是，該文在以實際閱覽過《復堂詞錄》一書內容的情形下，將詞錄目錄所記載的收錄狀況與詞錄實際內容的收錄

〔註 20〕方智範：〈譚獻《復堂日記》的詞學文獻價值〉，《南京師範大學文學院學報》，2003 年 9 月第 3 期，頁 81～88。

〔註 21〕關於譚獻《復堂詞錄》一書，國內惜未有可見之版本，故無法確實了解此書之選錄內容。目前僅知北京國家圖書館有《復堂詞錄》稿本善本四冊，共十一卷，附註格式為「十行、字不等、紫格、紫口、左右雙邊」，並有 1986 年經由北京全國圖書館文獻縮微中心出版的縮微製品版本。

狀況，相互進行比對，並整理列表。〔註22〕故該文對於未能一覽《復堂詞錄》原貌的研究者而言，是爲重要的參考資料。

三、《篋中詞》研究

關於期刊論文中以譚獻詞選集《篋中詞》作爲研究材料的有：羅仲鼎〈譚獻及其《篋中詞》〉，此文是最早以《篋中詞》作爲探討主題的專文。該文認爲譚獻以具備詞論家與詞作家兩種身分所編選的《篋中詞》，對於晚清詞壇所造成的流傳與影響極大，甚至認爲《篋中詞》可謂爲權威選本，提升此部詞選的價值與意義。〔註23〕而羅仲鼎又曾校點《篋中詞》，並整理成《清詞一千首》一書，對於《篋中詞》進行勘誤，是爲往後針對《篋中詞》進行研究者所必然參閱使用之書籍。

林友良〈譚獻《篋中詞》淺探〉則分別針對《篋中詞》「選詞動機」、「編輯方式」、「選錄原則」及「評點內涵」各項主題進行論述，主要目的在於回歸體現譚獻「柔厚」、「詞史」、「澀意」、「潛氣內轉」以及「一波三折」等詞論意旨與藝術鑑賞方式。〔註24〕該文於敘述《篋中詞》之體例時，稍微提及書中收錄女性詞人詞作的現象，並

〔註22〕沙先一：〈譚獻《復堂詞錄》選詞學價值略論〉，收錄於馬興榮等主編：《詞學》（上海：華東師範大學出版社，2011 年），頁 140～153。文中說明：「《詞錄》稿本後爲黃裳先生所得，今藏國家圖書館，十一卷中僅存八卷。據《詞錄》稿本目錄，卷九後集一爲金元人詞，卷十爲後集二爲明人詞，目錄詳列入選詞家與選詞篇數，但具體選錄作品已不可知；卷十一爲詞論。」（頁 142）又其列表以《復堂詞錄》中選錄 5 首以上之詞人爲主，並附註按語：「《詞錄》因係稿本，其目錄註明所選詞作篇數與實際略有出入，表中所列爲實際收錄篇數。因卷九、十、十一已散佚，元好問、張翥、劉基、陳子龍、夏完淳所錄篇數，據《詞錄》目錄。」（頁 147～148）則可大致了解《復堂詞錄》一書的選錄內容。

〔註23〕羅仲鼎：〈譚獻及其《篋中詞》〉，《浙江廣播電視高等專科學校學報》，1994 年第 3 期，頁 47～52。

〔註24〕林友良：〈譚獻《篋中詞》淺探〉，《東吳中文研究期刊》，2004 年 7 月第 11 期，頁 145～160。

視爲是譚獻對於當代女性詞人的關注表現，顯現《篋中詞》收錄內容的不同特色與價值。

　　侯雅文〈論晚清常州詞派對「清詞史」的「解釋取向」及其在常派發展上的意義〉一文，則以譚獻的《篋中詞》與陳廷焯的《詞則》爲代表，同時進行論述。在「解釋取向」上以兩者對於詞體基礎與演變方面的認知差異，說明各自所建構的清詞史觀，以及在常派發展中所呈現不同的趨向。〔註25〕據該文以《篋中詞》今集五卷爲主要研究對象的前提下，統計五卷共錄「詞人 211 位、608 首詞作。」〔註26〕然該文以《篋中詞》選陳維崧 9 首詞作而論定譚獻對於陽羨詞派「甚爲輕視」；但譚獻曾將陳維崧列於清詞前十家代表之一，又以《瑤華集》爲編選《篋中詞》之始事，因此筆者認爲不能僅以單一詞人詞作的選錄數量，作爲判定譚獻對其他詞人或詞派的看法依據。

　　沙先一〈選本批評與清代詞史之建構──論譚獻《篋中詞》的選詞學意義〉則以譚獻在《篋中詞》「選詞學的思想」、「清詞史的建構」和「選本選源」進行探討，認爲譚獻編選《篋中詞》最主要的用意在於推衍常派詞學，其詞史的建構則是譚獻自覺性在學術上的追求表現，並且對於民國詞學的詞史觀造成影響。而其中沙先一以「固定選源」如別集、選本，與「流動選源」如投贈之作等從各種中介得到的詞稿，是以版本的來源分析《篋中詞》的文獻價值。〔註27〕又《清詞的傳承與開拓》一書中〈選本批評與詞史建構──以譚獻《篋中詞》爲例〉一章爲沙先一所撰著，此文應爲前文最完整的初始研究成果，且文後對於《篋中詞》詞作之選源版本有詳細的整理列表，提供各卷詞人入選《篋中詞》中的詞作數量、是否爲譚獻詩友，以及其他相關

〔註25〕侯雅文：〈論晚清常州詞派對「清詞史」的「解釋取向」及其在常派發展上的意義〉，《淡江中文學報》，2005 年 12 月第 13 期，頁 183～222。

〔註26〕侯雅文：〈論晚清常州詞派對「清詞史」的「解釋取向」及其在常派發展上的意義〉，頁 188。

〔註27〕沙先一：〈選本批評與清代詞史之建構──論譚獻《篋中詞》的選詞學意義〉，《文學遺產》，2009 年第 2 期，頁 96～103。

文獻援引的相關資訊〔註28〕，將譚獻散雜於各詞學著述中的論點，進以交織呈現更爲清晰的脈絡。

此外亦有同時從《復堂詞錄》與《篋中詞》作爲研究材料，如趙曉輝〈從選本看譚獻對常州詞派詞統之接受推衍〉。該文認爲，譚獻《復堂詞錄》選唐宋詞有承繼張惠言《詞選》、周濟《詞辨》與《宋四家詞選》之意旨，而《篋中詞》選清詞則是爲宗法發揚常派之詞統的表現。〔註29〕

最後，在學位論文方面，臺灣最早有 1992 年蕭新玉的《譚獻詞學研究》。該論文引據譚獻的日記與其他傳記資料，以紀年的先後順序製成年譜，進而敘述譚獻生平；其次從譚獻在經學、史學、文學等學術上的表現，旁及交游，歸納著述，說明常州學派對譚獻的影響；探討譚獻的詞學理論則以「緣起論」、「創作論」、「正變觀」、「流派論」與「鑑賞論」分別析述，復而比對譚獻與張惠言、周濟間詞論之異同處，以見其詞論之推衍端緒；末章則以詞作之「內涵」爲譚獻詞作進行分類與賞析。〔註30〕然而筆者在進行《篋中詞》內容整理時，發現該文在《篋中詞》收錄詞人詞作數量方面，有幾處計數錯誤的地方，本文將於《篋中詞》編選分析一章中再進行比對論述。

在大陸方面的學位論文，則陸續以針對譚獻不同文本材料進行主題研究，如 2008 年田靖《篋中詞研究》，該文主要針對《篋中詞》之編選宗旨，進而與譚獻之詞學論點相互映證；其中分析《篋中詞》版本選源的部分，則著重於清代詞選集、蔣春霖《水雲樓詞》以及譚獻自選《復堂詞》爲論述要點。〔註31〕2010 年王玉蘭《譚獻及其復堂

〔註28〕 沙先一、張暉著：《清詞的傳承與開拓》（上海：上海古籍出版社，2008 年），頁 122～213。（正文：頁 122～146；附錄：頁 147～213）
〔註29〕 趙曉輝：〈從選本看譚獻對常州詞派詞統之接受推衍〉，《湖北社會科學》，2007 年第 4 卷，頁 134～137。
〔註30〕 蕭新玉：《譚獻詞學研究》（高雄：國立高雄師範大學國文研究所碩士論文，應裕康指導，1992 年）。
〔註31〕 田靖：《篋中詞研究》（上海：上海交通大學中國古代文學碩士論文，謝柏梁指導，2008 年）。

詞研究》中則主要將譚獻詞作分爲「詠物」、「感懷」、「閨情」與「題畫」四類主題進行賞析論述，並以朱德慈《中晚期常州詞派研究》中〈譚獻詞學活動徵考〉之考證一文爲依據〔註32〕，另外加以進行整理與箋注而成〈復堂詞編年箋注〉及〈譚獻年譜簡編〉兩種附錄，附於論文之後。〔註33〕然該文所言之《復堂詞》三卷存有146首詞作，但筆者目前僅就《篋中詞》與《復堂類集》所選錄的內容來看，實得136首詞作，由於該文所引用之詞作未見當中產生出入的10首詞作，故筆者仍尚以136首詞作爲譚獻《復堂詞》之研究範圍。最後則爲2012年顧淑娟《譚獻詞學文獻研究》，該文則綜合譚獻《復堂日記》、《篋中詞》以及《譚評詞辨》一類相關詞籍序跋的資料，從中挖掘文獻對於研究譚獻詞學理論的參考價值與意義。〔註34〕

第三節　研究材料與方法

　　譚獻的著述主要收錄於光緒十五年（1889）所自行編錄刊刻的《半廠叢書》中，撰有《篋中詞》六卷及續四卷、《復堂類集》文四卷、《復堂詩》十一卷及《復堂詞》三卷、《復堂日記》八卷，輯有《合肥三家詩錄》二卷、《池上題襟小集》一卷，評有《非見齋省定六朝正書碑目》一卷。

　　其中《復堂類集》曾在光緒十一年（1885）時進行刊刻，而根據其目錄記載，有譚獻文四卷、詩九卷、詞二卷、日記六卷、金石跋三卷與文餘三卷，由此可見譚獻在著述方面的涉獵相當廣泛。然

〔註32〕朱德慈：《中晚詞常州詞派研究》（南京：南京師範大學中國古代文學博士論文，鍾振振指導，2003年）。其〈譚獻詞學活動徵考〉一文，爲該論文下編考證之第三篇，頁101～115。

〔註33〕王玉蘭：《譚獻及其復堂詞研究》（廣州：暨南大學中國古代文學碩士論文，趙維江指導，2010年）其〈復堂詞編年箋注〉與〈譚獻年譜簡編〉，分別爲該論文之附錄一與附錄二，頁 84～129、頁 130～136。

〔註34〕顧淑娟：《譚獻詞學文獻研究》（福建：福建師範大學中國古典文獻學碩士論文，歐明俊指導，2012年）。

而《復堂類集》的內容卻與目錄有幾處出入之處，例如目錄在「集
五　金石跋三卷」與「集六　文餘三卷」下有「未刻」字樣，可知
書中並未收錄，而「集四　日記六卷」實際上也並未收入《復堂類集》
中；另外，目錄又言集三有詞二卷，而內容卻有詞三卷，言集二有
詩九卷，內容卻收有十一卷〔註 35〕，是故可從《復堂類集》以至於
《半厂叢書》的實際收錄狀況，得知譚獻在著作增補上的過程與確
實內容。

　　在日記方面，以范旭侖、牟曉朋整理而成的《復堂日記》，是目
前最爲完整之日記版本。而譚獻日記增補的情形，可從范旭侖、牟曉
朋的〈整理後記〉一文了解其中過程：

> 《復堂日記》前六卷最初刊載在光緒十一年出版的作者自
> 編文集《復堂類集》裡，由馬廣良作序；後又稍事修飾，
> 增補兩卷，編入光緒十三年作者自編的叢書《半厂叢書》
> 裡。這經過精心刪潤的八卷日記，其實是半部詩文評加半
> 部讀書札記的集萃。作者次子的妻舅徐彥寬（1886～1930）
> 收存被八卷本刪汰的原稿，整理成兩卷〈補錄〉。兩者比勘，
> 往往悟入，大有意趣。〈續錄〉則是八卷本刊後續寫的日記。
> 〔註 36〕

從此段文字敘述可知，六卷本與八卷本是經由譚獻本人整理選定的範
圍，而其中所被刪汰的部份即爲兩卷〈補錄〉之內容。此篇後記更提
及徐彥寬將兩卷〈補錄〉與一卷〈續錄〉收進自己所選輯的《念劬廬
叢刻》中。是而如今在《復堂日記》補錄卷與續錄卷的刻印版本裡，
可見「錫山徐氏輯錄」或「無錫徐彥寬輯錄」等字樣。

〔註 35〕筆者此處所引用《復堂類集》之版本，收錄於《叢書集成續編》（臺
　　　　北：新文豐出版社，1989 年），冊 161，頁 57～228。《清代詩文集彙
　　　　編》中亦有收錄《復堂類集》，而其中所收錄之詩作僅有十卷，故此
　　　　處關於《復堂類集》實際的收錄狀況，則以《叢書集成續編》爲主
　　　　要分析依據。
〔註 36〕譚獻撰；范旭侖、牟曉朋整理：《復堂日記》（石家莊：河北教育出
　　　　版社，2000 年），〈整理後記〉，頁 418。

　　《復堂日記》各卷範圍大致可分爲：八卷中前六卷從同治二年（1863）記載至光緒十一年（1885），後兩卷則除了補錄同治二年與三年的日記之外，主要爲譚獻在光緒十二年（1886）以至於光緒十七年（1891）之間的活動紀錄；〈補錄〉兩卷則從同治元年（1862）涵蓋至光緒十七年的範圍，〈續錄〉一卷則從光緒十八年（1892）記錄至光緒二十七年（1901）譚獻過世爲止。而由於本文會大量援引日記中的文字資料，應以全本之《復堂日記》版本做爲完善根據，是故以范旭侖、牟曉朋所整理之《復堂日記》爲本文引用之底本。

　　另外在《篋中詞》方面，現今有羅仲鼎、俞浣萍針對《篋中詞》進行校點，重新整理而成《清詞一千首》一書。此書主要使用其他詞選集或詞人別集，參校《篋中詞》所選錄之詞作，且在各卷後整理出詞作的異文參考比對，並對書中所選錄之詞人皆有簡要敘述。然而此書刻意將《篋中詞》原有的譚獻 92 首詞作刪去，另從《全清詞鈔》選錄譚獻 17 首詞作，以成「一千首」之數，又排除《篋中詞》的補錄狀況，將同一詞人之詞作以不分卷的方式合併，雖然對於讀者提供閱讀上的方便，但卻也無法據實得知《篋中詞》最初始的收錄情形與內容。本文針對研究據實引用文獻之考量，仍以楊家駱主編《歷代詩史長編》中所收錄的《篋中詞》爲底本，次以《清詞一千首》之校點與勘誤，作爲參考。

　　最後，在譚獻的詞作方面，黃曙輝點校《復堂詞》一書時曾言《復堂詞》有《復堂類集》、《篋中詞》與《清名家詞》三種版本，並以類集本爲點校底本。〔註37〕譚獻於《篋中詞》收錄自己的詞作92 首，而《復堂類集》所收三卷詞作則共有 135 首，故筆者以《復堂類集》中所收錄之詞作爲譚獻詞作探討之範圍，次而參考黃曙輝《復堂詞》點校本、朱德慈〈譚獻詞學活動徵考〉，以及相關編年、箋注資料，作爲本文進行譚獻詞作分析研究之依據。

〔註37〕譚獻撰；黃曙輝點校：《復堂詞》（上海：華東師範大學出版社，2010年），〈出版弁言〉，頁2。

　　本文主要以譚獻詞學為研究主題，並在回歸譚獻原典文本的基礎上，從譚獻自撰著之日記、書信、詩詞文，以及所編選的詞選集作為研究材料。本文各章所探討之主題與內容簡述如下：

　　第一章緒論，說明促發研究的動機以及進行研究所欲達到的目的；在對於前人相關研究文獻資料的回顧與整理之下，指出某些值得再進一步商榷與考證的問題，以作為本文進行研究的出發點。

　　第二章譚獻生平及其交游，首先對於譚獻生年考證的各種說法進行敘述，並提出自己所依據的說法與相關印證；在了解史傳對於譚獻的評述之後，從《復堂日記》與兩封〈復堂諭子書〉中所留存紀錄的時間範圍，以縱向的時間脈絡，從譚獻之家世背景、生平遭遇、交游情況，了解譚獻一生的動向，並知悉其個性思想、抱負理念與心境上的轉變。

　　第三章譚獻詞學理論之導源與建立，則主要從譚獻對於常州詞派張惠言與周濟二人詞論上的接續為論述主軸；先分別列舉張惠言與周濟較具代表性之詞論評述，認識常派詞論之基礎；後以譚獻采納常派與浙派理論方面的表現，以了解譚獻的詞論架構。

　　第四章《篋中詞》編選分析，從譚獻編選《篋中詞》之目的、次序、體例以及內容，了解譚獻編選《篋中詞》之意旨與用心，復以譚獻在《篋中詞》的評論認識譚獻對於清代詞學發展的概念與觀點，最後則列舉受《篋中詞》影響的其他詞選集與詞學論述。

　　第五章《復堂詞》寫作分析，首先從《復堂詞》的實際數量作一簡要敘述，並對照《復堂類集》本之《復堂詞》以及《篋中詞》所收詞作的出入情況，同時瞭解詞作約略的寫作時間範圍；在詞作內容方面，則分為紀遊遣興、寄贈和答、詠物與題畫四種類型進行分析；在詞作技巧與風格方面，則以譚獻作詞擇調的情形來進行分析，了解其擇調取向與風格表現之間的關係；最後則以與《復堂詞》相關之評騭作為解讀譚獻詞作的根據來源。

第二章　譚獻生平及其交游

　　譚獻，浙江仁和（今杭州）人。原名廷獻，字滌生、仲儀，後又改字仲修；號復堂，中年曾號籜月樓主，晚年又自號半厂居士，卒於光緒二十七年（1901）。關於譚獻之生年，目前可見三種說法，分別為清宣宗道光十年（1830）、道光十一年（1831）以及道光十二年（1832）。

　　採道光十年說法者〔註 1〕，主要根據於夏寅官所撰〈譚獻傳〉一文，其文末言譚獻「卒於光緒辛丑，年七十二。」〔註 2〕是故以推算而得知；道光十一年之說，則首見於范旭侖、牟曉朋在《復堂日記》書後所撰寫的〈整理後記〉當中，但兩人並未說明其根據緣由〔註 3〕；道光十二年之說則較為常見，清代詞史專書大多皆採用此一說法。〔註 4〕

〔註 1〕　見姜亮夫纂定；陶秋英校：《歷代人物年里碑傳綜表》（臺北：文史哲出版社，1985 年），頁 717。麥仲貴著：《明清儒家著述生卒年表》（臺北：臺灣學生書局，1977 年），頁 717。

〔註 2〕　夏寅官撰：〈譚獻傳〉，見閔爾昌纂錄：《碑籍傳補》，卷五十一，〈文學八〉，收錄於天津圖書館歷史文獻部編：《三十三種清代人物傳記資料匯編》（濟南：齊魯書社，2009 年），冊 30，頁 710。

〔註 3〕　見譚獻撰：范旭侖、牟曉朋整理：《復堂日記》（石家莊：河北教育出版社，2000 年），〈整理後記〉，頁 418。

〔註 4〕　如嚴迪昌《清詞史》、謝桃坊《中國詞學史》、黃拔荊《中國詞史》等。

　　而同樣主張譚獻生年爲道光十二年，並更進一步進行考證的如蕭新玉《譚獻詞學研究》以及江慶柏《清代人物生卒年表》。前者從譚獻的日記中摘取兩則資料，作爲其主張之根據〔註5〕，後者則以引用譚獻書信中的訊息作爲佐證：

　　　　譚獻〈諭子書一〉云：「丁卯（同治六年，1867）鄉試獲舉，年已三十六矣。」其生年即據此而定。卒年據夏寅官撰〈譚獻傳〉。然〈傳〉稱：「卒於光緒辛丑（二十七年，1901），年七十二。」依其得年，譚獻應生於道光十年（1830）。此與譚獻自記有異，本書未取。〔註6〕

由於兩者所依據的文獻資料，皆出自於譚獻本人的自撰著述，故具有一定的可信度。另外在《復堂日記》中留有多處與譚獻年歲相關的資訊，如光緒十七年（1891）譚獻曾記錄參與「千齡之集」，文中提到各個與會者的年齡，譚獻自言「予年六十，坐次十三」〔註7〕，且將所有與會者之年歲進行加總，共得一千五十一歲，可知文中所言皆爲實際歲數。而從此推算譚獻之生年，則亦爲道光十二年（1832），故本文於論及譚獻之年歲部分，皆以此年爲據。

　　此外，筆者於日記中發現譚獻曾記錄其友人汪鳴鑾（字柳門，1839～1907）所贈之壽聯，內容爲：「與南極一星同壽，先東坡二日而生。」〔註8〕據查東坡生日爲十二月十九日，譚獻也曾於同治四年（1865）十二月十九日赴高均儒（字伯平，1812～1869）之招宴，是爲東坡壽〔註9〕；光緒十一年（1891）又記載：「十一月十七日，

<hr>

〔註5〕　該文主要針對道光十年與道光十二年兩種說法，進行譚獻之生年考證，並以道光十二年之說爲其結論，參見蕭新玉：《譚獻詞學研究》（高雄：國立高雄師範大學國文研究所碩士論文，1992年），頁6～8。

〔註6〕　江慶柏著：《清代人物生卒年表》（北京：人民文學出版社，2005年），頁817。

〔註7〕　譚獻撰；范旭侖、牟曉朋整理：《復堂日記》（石家莊：河北教育出版社，2000年），卷八，頁195～196。本章所引用《復堂日記》之文字資料皆以此一版本爲據，後出註腳則僅標示其卷數與頁數。

〔註8〕　《復堂日記》續錄，頁412。

〔註9〕　《復堂日記》補錄卷一，頁232。

友朋、親串、生徒輩爲予豫祝六十生辰。」〔註10〕文中「豫祝」即爲「預先祝賀」之意，故於此可推測譚獻之生日應當於十二月十七日。

譚獻一生歷經道光、咸豐、同治與光緒時期，自幼孤苦家貧，游學階段又正值太平天國之亂。自太平天國始事以至於杭州克復，長達十四年，期間譚獻赴京兆試後又入閩七載，直至同治四年（1865）才得以返杭；而自同治六年（1867）中舉鄉試之後，譚獻三赴會試皆未中，往後任命於安徽省安慶、歙縣、全椒、懷寧、合肥以及宿松等地之縣令；晚年倦游，有「從此作杜門想矣」〔註11〕之感慨，並以疾患決意辭赴官職；譚獻卸官後，除了曾受張之洞招聘爲經心書院院長以外，大多歸隱里居，潛心著述以至終生。

史傳對於譚獻的評述，可見夏寅官所撰之〈譚獻傳〉：

> 譚先生獻，初名廷獻，字仲修，號復堂，浙江仁和縣人。
> 少孤露，溺苦於學，好爲六朝三唐駢儷文。二十五、六後
> 潛心經訓古子，有志於微言大義。同治初，遊福建學使徐
> 樹銘幕中，幾死於汀州之寇，老母垂白，殉節閩中。（爾
> 昌案仲修〈諭子書〉母未入閩，實殉難杭州。）痛不欲生，
> 扶柩返里，棲息墓田，若將終身。中同治六年舉人，屢赴
> 禮部試不售，署秀水教諭，未幾，以知縣入安徽，署歙縣、
> 全椒、合肥，不數年告歸。先生淡於仕進，銳志著書……
>
> 〔註12〕

〈譚獻傳〉一文主要在於敘述譚獻在學術方面的思想與成就，此段摘錄文字見於全文開首，篇幅雖占比例較少，但從文中譚獻少時孤貧而秉志好學、遊閩時期險罹寇難又遭逢母喪，以至科場失意轉而淡於仕進等人生經歷皆有描述，亦可看出譚獻生平的轉折經歷以及

〔註10〕《復堂日記》卷八，頁 204。
〔註11〕《復堂日記》補錄卷二，頁 325。
〔註12〕夏寅官撰：〈譚獻傳〉，見閔爾昌纂錄：《碑籍傳補》，卷 51，〈文學八〉，收錄於天津圖書館歷史文獻部編：《三十三種清代人物傳記資料匯編》（濟南：齊魯書社，2009 年），冊 30，頁 708。

其心境狀態。又或如《清史稿》列傳之評述：

> 譚廷獻，字仲修，仁和人。同治六年舉人。少負志節，通
> 知時事。國家政制典禮，能講求其義。治經必求西漢諸儒
> 微言大義，不屑屑章句。讀書日有程課，凡所論著，櫽栝
> 於所爲日記。文導源於漢、魏，詩優柔善入，惻然動人。
> 又工詞，與慈銘友善，相唱和。官安徽，知歙、全椒、合
> 肥、宿松諸縣。晚告歸，貧甚。張之洞延主經心書院，年
> 餘謝歸，卒於家。〔註13〕

此段文字則爲敘述譚獻在經學與文學上的取向，如治經主張今文學派
之微言大義，爲文效法漢魏六朝之駢儷文體，工於詩詞，並視其日記
爲論著之精華。而文中提及譚獻曾與李慈銘（1830～1895）於詞學方
面有所來往唱和，則爲譚獻的交游情形留下一處線索。此外，此篇列
傳對於譚獻「少負志節，通知時事」、詩作「優柔善入，惻然動人」
皆引自於吳懷珍所題之《復堂詩》敘文，文曰：

> 君於同人中，年最少，然獨有志於學。其學獨有所成就，
> 能通古今治亂；言天下得失，如指諸其掌；國家大政刑、
> 大典禮，能講求其義……今君之爲詩，其攖乎其心，而動
> 乎其情者，固不知何所感而然，即吾亦不能盡得其意之所
> 在。然優柔善入，惻然動人，使人歌呼悲愉而無以自主，
> 要與古作者同出於性情之正者。〔註14〕

吳懷珍（？～1868）〔註15〕，字子珍，與譚獻同爲浙江仁和人，爲譚
獻入京後所結識之友朋。譚獻曾論述自己的交游情形：「入京師則稱
吳、譚，則子珍。」〔註16〕又光緒十五年（1889）譚獻更爲吳懷珍刻

〔註13〕趙爾巽等撰：《清史稿》，卷四百八十六，〈列傳二百七十三·文苑三〉，
　　　　收錄於周駿富輯：《清代傳記叢刊》（臺北：明文書局，1985 年），冊
　　　　94，頁 13441。

〔註14〕此處引用吳懷珍所撰之《復堂詩》敘文，見譚獻《復堂類集》所收《復
　　　　堂詩》卷前，收錄於《叢書集成續編》（臺北：新文豐出版社，1989
　　　　年），冊 161，頁 122。本章所引用《復堂詩》、《復堂文》之文字資料
　　　　皆以此一版本爲據，後續引文僅於文中夾註，並標註其卷數與頁數。

〔註15〕據《復堂日記》記載：「妙光閣訪吳子珍旅殯」（卷二，頁 38）記於
　　　　戊辰年，故由此可推知其卒年應於同治七年（1868）。

〔註16〕《復堂日記》卷二，頁 52。

有《待堂文》一卷，並收錄於《牟厂叢書》當中，可見兩人交誼深厚。
而吳懷珍於此篇敘文中對於友朋的治學精神以及詩作內涵都有著極
高的評價，復從《清史稿》引用此段敘文文字的方式，則可以知道史
傳對於譚獻的理解與認知。

　　從《清史稿》的文字當中，可以瞭解譚獻日記的豐富性與重要
性，其內容足以呈現譚獻平生之學問與面貌。譚獻所著之《復堂日
記》流傳於今，而現今可見的《復堂日記》全本共有舊刻八卷、補
錄兩卷以及續錄一卷。日記中散雜著譚獻在日常生活中行跡、讀書、
交游與學術評論各方面的文字紀錄。其中舊刻八卷之日記開首即言：

> 同治二年五月以前日記淪失，不可記憶。今自癸亥五月始，
> 刪節十之二。大都循誦載籍，譚藝之言為多，餘事略附，
> 不能銓次首尾矣。〔註17〕

由於舊刻八卷之日記僅有干支紀年，第八卷卷末止於辛卯年，尚可
知其記錄範圍始於清穆宗同治二年（1863）五月，以至於清德宗光
緒十七年（1901）。而補錄二卷與續錄一卷之日記則有年月日的詳細
紀錄，其中續錄卷最後一條日記記於光緒二十七年（1901）六月七
日，故《復堂日記》可視為研究譚獻三十二歲至七十歲間生平經歷
所最具參考價值的文獻資料。

　　此外，譚獻曾寫過兩封書信給自己的兒子，是為〈復堂諭子書〉，
分別寫於光緒十一年（1885）與光緒十七年（1891）。在書信中，譚
獻皆說明自己何以親自寫書信給兒子的原因。第一封寫道：

> 書示瑾、瑜兩兒，急景凋年，春風未動，汝父生日，當百
> 昌寂寞之際，宜其遇之塞也。同學諸子殷殷問汝父生平，
> 汝弟兄固稗無所知。即汝父亦一回首，徒恨恨耳，何足為
> 諸君道，在汝弟兄則有不可不知者。〔註18〕

〔註17〕《復堂日記》卷一，頁1。

〔註18〕譚獻撰：〈復堂諭子書〉，收錄於《叢書集成續編》（臺北：新文豐出
　　　　版社，1989年），冊60，頁687。本章所引用兩封〈復堂諭子書〉之
　　　　文字資料皆以此一版本為據，故後續引文僅於文中夾註，簡稱〈諭
　　　　子書〉並標註其封數與頁數位置。

譚獻此封書信所寫的對象為瑾、瑜二子，起因於年末生日時，友朋向兒子問起自己的生平，而自己的孩子卻一無所知。譚獻回顧平生遭遇雖感惆悵，自覺不足與外人道，但仍希望自己的兒子「不可不知」。又書信中提到「今年乃盡蒐衍，自定《復堂類集》，凡文四卷，詩九卷，詞二卷，赴杭州書局刻之。」（〈諭子書〉一，頁689上）因《復堂類集》成書於光緒十一年（1885），是而可知此封書信的寫作時間。又第二封書信寫道：

> 告瑾、瑜、璣、瑤四兒，歲月不居，汝輩催老，不意予生憂患，年六十矣。五十四歲在合肥，同學諸子以予性行問爾孟仲，無以應，予手書數十行以告。汝瑾、瑜年日長，不甚通曉，亦有聞見不及者，粗舉入官以後情事廣言之。

（〈諭子書〉二，頁689上）

第二封書信則是在瑾、瑜二子逐漸長大，另有璣、瑤二幼子，且前封書信未能盡其所言的動機下而寫。內容為從譚獻任職於歙縣縣令以後的經歷說起，從文中「年六十」一處，則可知此封書信的寫作時間在光緒十七年（1891）。兩封書信以身為父親的口吻敘述自己六十年以來的經歷遭遇，文中多有紀年，則可與《復堂日記》相互對照映證，補足譚獻在三十二歲以前的生平紀錄。

本章以《復堂日記》與兩封〈復堂諭子書〉為主要考據資料，將譚獻的生平分為四個階段進行敘述，同時簡述譚獻當時的行跡遊歷與交游情形，並輔以詩文為佐證，以期理解較具譚獻個人特質的個性思想與心境感受：

第一節　自幼失怙，刻苦就學（1832～1856）

譚獻生於清宣宗道光十二年（1832），二歲失怙，端賴母親陳太宜人苦節守寡，悉心撫養。十歲，丁嗣父憂，譚獻於守祧居喪期間，曾因「無從師之束脩，已將廢讀。」（〈諭子書〉一，頁687上）然幸獲蔣亦欽（生卒年不詳）賞識，招待於其家中供應讀書與飲食；十三

歲，譚獻應童子試，同時並就讀於杭州敷文書院，而此時又受到莫梓芳（？～1860）欣賞，更將其女兒瑟瑟許嫁於譚獻〔註19〕。

　　譚獻自言十四歲學詩，在日積月累之下漸寫成卷，頗有成果，然而「家中故書兩遭火」（〈諭子書〉一，頁687上）則可知譚獻當時的詩作未能留存下來。十五歲，譚獻於專門招收孤寒學生的宗文義塾讀書，十六歲為童子師；然而即使譚獻於求學讀書的過程中越顯順遂並且有所表現，但其家庭經濟狀況卻成為譚獻最大的憂慮，是言：

> 十六歲乃為童子師，歲修脯不及三十緡，養汝祖母不足，賴針紉佐之。嘗力疾寒夜操作，龜手流血，予啜泣於旁，汝祖母訓予曰：「汝父力學困場屋，年未四十，中道棄汝，但汝得成立，讀書識道理，無忘今夕可也，徒悲何益！」（〈諭子書〉一，頁687上）

文中道盡譚獻面對經濟的困窘，更對於母親為維持家計，在寒夜中縫紉導致雙手龜裂流血，因自身的無能為力加上對於母親的過度辛勞而難過不捨。而其母以譚獻父親的遭遇勸勉告誡，期許譚獻在讀書明識道理之外，莫忘今夕情景，有待來日譚獻求取功名，改善眼前窮困愁苦的生活環境。由於謹記母親此次的教誨以及有感於現實經濟的壓迫，促使譚獻於學習上更為努力奮進，但同時卻也成為造成譚獻日後於仕宦上無奈掙扎的根源。

　　譚獻於咸豐元年（1851）開始跟隨萬青藜（1821～1883）學習詩賦，補為廩生，同時並得以向邵懿辰（1810～1861）、袁鳳桐（生卒年不詳）等前輩賢士學習文章。萬青藜，字文甫，號照齋，亦號藕舲，江西德化縣人，道光二十九年（1850）為翰林院侍讀學士；袁鳳桐，字敬民，號蓮伯，文學桐城派，而由於譚獻為文喜好六朝駢文，故常與袁鳳桐討論文學時「猶有齗齗也。」（〈諭子書〉一，頁687上）意指因立場與意見相左而有所爭論。邵懿辰，字位西，

〔註19〕據《復堂日記》記載：「為內子瑟瑟授《說文》。」（補錄卷一，頁214）、「晚，內子瑟瑟陳瓜果以祀天孫。」（補錄卷一，頁215）

一作蕙西，號半巖，又號映垣，浙江仁和人，其《半巖廬遺文》中有〈與譚仲修書〉，文中寫道：

> 滌生尊兄足下，山城岑寂中，忽得手示併詩，欣慰無量，有言吾鄉人也，而世有相慕用者，吾無類矣，以後萬萬不可。……歸杭州，得袁蓮伯與足下遠拔流俗，可望到於古人。然蓮伯遭家難，而足下貧甚，無以爲養親計，然清苦艱難乃人生不可不嘗之境。……以足下愛我之深，爲足下計，惟有斂其虛憍之氣，篤謹素位而行，非斯人之徒與而誰與。無論家鄉及近地，必可以謀生養親……[註20]

此段文字亦即爲咸豐元年左右邵懿辰與譚獻、袁鳳桐交遊往來一事之紀錄。文中可見譚獻對於邵懿辰的嚮往與崇慕，邵懿辰則也以友朋的角度誠摯建議譚獻北赴京師，不僅可多接見耆宿大賢，拓展視野，同時也藉以勸勉譚獻入京求取登科功祿，進以安穩家計。但從譚獻〈諭子書〉中可以看到，譚獻在提及此段往事時，竟以自己當時「時尚多疾疢，且新娶，汝祖母不遣遠遊」（〈諭子書〉一，頁687下）等情況回絕，而從此一事件當中則可以看見譚獻對於求取功名矛盾心境之端倪。

　　咸豐元年（1851）正值太平天國始事，至咸豐三年（1853），太平軍攻陷武昌，建都南京，浙江一帶的局勢也漸爲緊張，萬青藜則奉命派任團防以迎阻太平軍。而在此段直接面臨戰亂動盪的時期，譚獻的想法與心境逐漸開始有所轉變，是言「萬公檄予從諸老之後，稍稍知時事矣。」（〈諭子書〉一，頁687下）可見譚獻開始有感於國家之局勢變化，各地之安危在即，譚獻曾賦作古詩〈一人心〉表露欲爲世所用之心志：

> 江上日流血，天涯多鼓聲。臨危思猛士，橫議起書生。
> 憑弔隋堤柳，虛傳京口兵。空談知誤國，未敢請長纓。

〔註20〕邵懿辰撰：《半巖廬遺文》，上卷，收錄於《清代詩文集彙編》編纂委員會編：《清代詩文集彙編》（上海：上海古籍出版社，2012年），冊635，頁271。

（《復堂詩》卷一，頁 125）

詩作中「江上日流血，天涯多鼓聲」乃以想見的筆法描寫戰亂所帶來的悲壯景象，國家在臨危患難之際亟需忠勇猛士，而文人儒士只能爲國獻策或坐談評論。唐人白居易曾作詩〈隋堤柳〉寫亡國之感傷，而如今江蘇一帶局勢緊張，雖言「空談知誤國，未敢請長纓」但卻也寫出譚獻身爲文人欲以經世致用的自我意識與責任感，同時也促成譚獻後來北赴入京的決心。

第二節　遊學京師，廣識有道（1857～1864）

咸豐七年（1857），譚獻跟隨萬青藜北覲之時入都。自抵達京師以至於隔年應京兆試的兩年期間，譚獻廣結友朋，多接有道，曾言：

> 邵先生先有書問通姓氏，輦下諸公桂林朱伯韓觀察、漢陽葉潤臣舍人、代州馮魯川比部、馬平王少鶴章京、里安孫琴西侍讀、上元許海秋起居、德化蔡梅菴編修，往往折輩行與交。而同志友人，則尹杏農御史、李子衡刑部、楊汀鷺孝廉，道義得朋，沆瀣無間。至於性命骨肉之交，丹徒莊中白爲最摯，鄉人吳子珍以公車留京，則舊好也，於是問業焉，切磋焉。予之略通古今，有志於微言大義，皆此二年師友之所貺也。（〈諭子書〉一，頁 687 下）

文中詳細敘述譚獻當時於京師所結識之友朋，前輩如朱琦（字伯韓，1803～1861）、葉名澧（字潤臣，1811～1859）、馮志沂（字魯川，1814～1861）、王拯（原名王錫振，字定甫，又字少鶴，1815～1876）、孫衣言（字紹聞，號琴西，1814～1894）、許宗衡（字海秋，1811～1869）、蔡壽祺（原名殿濟，字梅庵，生卒年不詳），譚獻曾爲朱琦撰〈怡志堂文集初編敘〉，文曰：「咸豐中，獻獲接先生於京師，推獎之言，猶若在耳，老成丰采，猶若在目。」（《復堂文》卷一，頁 69）可見當時師輩們對於譚獻的鼓勵提攜；而朋輩有尹耕

耘（字杏農，1814～1877）、李汝鈞（字子衡，生卒年不詳）、楊傳第（字汀鷺，又字聽壚，生卒年不詳）、莊棫（字中白，號蒿庵，1830～1878）與吳懷珍（字子珍，？～1868）等人。

　　由於此段時期譚獻廣泛接觸其他師長友朋的學術思想，進而促使譚獻在學術上的視野更為廣闊，同時也逐漸確立譚獻的學術定向。如在文學方面，朱琦與王拯當時同為桐城派古文「嶺西五大家」之代表人物，然而譚獻為文偏好漢魏六朝駢文，於是有言：

> 少交袁鳳桐敬民、嚴事邵位西丈，入都以後朱伯韓、王少鶴、孫琴西、馮魯川朱先生皆附文遊之末。諸君固學宋儒之學，傳桐城之文。予亦究心方、姚二集，私心有所折衷，不苟同，亦不立異也。〔註21〕

此段文字除了扣合譚獻在書信中提及自己於京師時所結識的友朋情形外，另外可以知道譚獻在此時的學術思想已經有著一定的根基淵源和秉持主張。然而面對其他人不同的角度與立場，譚獻則以折衷的態度來面對駢文、散文各自的文體價值與功能。〔註22〕

　　在經學學術方面，譚獻曾說：「於今人之經學，嗜莊方耕、葆琛二家」（〈論子書〉一，頁689上）。莊存與（字方耕，1719～1788），研治今文經《春秋公羊傳》，闡發微言大義，創立常州學派，其姪莊述祖（字葆琛，1751～1816）亦為常州學派代表人物之一，譚獻對於莊氏經學極為崇尚，日記中有〈師儒表〉，譚獻不僅將兩人列為「絕學」一類〔註23〕，更言「莊氏之學既世，方耕侍郎之《春秋》冠絕古今無二。」〔註24〕是以可見譚獻於經學上對於常州學派的崇尚，而夏寅官〈譚獻傳〉中所謂「二十五、六後潛心經訓古子，有志於微言大義。」則是為譚獻於咸豐七年（1857）入京時期所奠定。

〔註21〕《復堂日記》卷六，頁139。
〔註22〕關於譚獻對於駢文、散文的態度與評論，蔡長林〈文章關乎經術——譚獻筆下的駢散之爭〉一文已有深入的分析研究，詳見《東華漢學》，2012年12月第16期，頁219～252。
〔註23〕《復堂日記》卷一，頁28。
〔註24〕《復堂日記》補錄卷一，頁208。

　　咸豐八年（1858），譚獻赴京兆試，然而當時正值英法聯軍攻佔廣州，又繼續北進攻陷大沽與天津之時。譚獻曾憶及：「戊午京兆試後，不待榜發，即單車南下。」（〈諭子書〉一，頁 687 下）可見當時情勢危急，只得在倉促之下趕路返杭。而此時福建督學徐樹銘（1824～1900）偶過杭州訪士於邵懿辰，譚獻則被薦舉至徐氏幕下，並於同年入閩，當時與楊希閔（字臥雲，1809～1878）為同幕，逐漸交好。兩人曾在赴試途中「同陷賊，冒為書賈以免」（〈諭子書〉一，頁 687 下）得以僥倖保全性命返閩。譚獻有〈近聞〉一詩：

　　　　雨暗家山入渺茫，近聞烽火復蒼黃。

　　　　涼漿麥飯尋常事，歲歲清明在異鄉。（《復堂詩》卷三，頁 144）
對於當時各地戰亂紛傳，世事變化無常，想返回家鄉卻路途渺茫，年年清明只能在他鄉度過，寫盡譚獻自感身處於異鄉的無奈。

　　咸豐十年（1860）三月，太平軍攻陷杭州，杭州雖數日後即克復，然而譚獻曾提及後來的發展情勢與自身狀態：「道阻不得歸，歸又無所得食，因循旅羈，又病矣。」、「鄉井再陷，音書斷絕，心志瞀亂，不欲生，又不敢死，不復能治文字。」（〈諭子書〉一，頁 687 下）無法與家鄉聯絡，加上身體抱病微恙，譚獻在心思紊亂的情形之下，暫時流寓至廈門，並在當地結識戴望（字子高，1837～1873），兩人不僅為同鄉人，更因時常交流書籍，談論學術，而結為定交。

　　同治二年（1863），譚獻妻兒逃至福州避難，同時卻也帶來母親逝世的消息，使譚獻悲痛欲絕，而發「吾自此不得為人子，遂不足為人！」（〈諭子書〉一，頁 688 上）之感慨。譚獻曾撰筆〈文學屈先生妻節孝陳宜人家傳〉一文，文中更曾憶及自己的母親陳太宜人，是言：「不孝弱冠，橐筆游於四方。年三十，方客侯官，而杭州陷，病母殉節。」（《復堂文》卷二，頁 89）可以想見譚獻對於母親逝世一事的哀慟之鉅與遺憾之深。

第三節　返鄉中舉，會試失利（1865～1876）

同治三年（1864）杭州克復，譚獻於次年返杭，曾作詩〈憂憤〉二首，並題「二月辛酉杭州陷，三月丁卯官軍克之」，詩曰：

> 消息未分明，羈人夢寐驚。飄零踰領路，慘澹故園兵。
>
> 群盜馮城日，高堂望子情。時危誰喚女，悔遣爾南行。
>
> 胡轉予於恤，蒼茫問有司。橫戈先解甲，一死謝羣黎。
>
> 風雨紛亡度，江山望轉疑。春城林木盡，來燕莫求枝。
>
> （《復堂詩》卷三，頁144）

前首詩作描寫當時譚獻聽聞太平軍攻陷杭州，自己因無法得知家人安在與否而屢屢從睡夢中驚醒的恐懼心情；「群盜馮城日」指太平軍進入湖南，而在這般紛亂的情勢之下，身爲人子想起高堂老母掛心於自己的情形，更是充滿不捨與哀傷。後首詩作「胡轉予於恤」則引用《詩經·小雅·祈父》，譚獻以官軍對於征戍感到無奈與憤慨的口吻，傳達對於戰亂危及百姓生命的悲痛；如今杭州雖已克復，然「紛亡度」、「林木盡」爲兵燹過後的凋敝景象，對於人民所帶來的傷害則更爲沉重。

譚獻返杭後，受當時杭州太守薛時雨（字尉農，1818～1885）的勸勉，而再度復學參與鄉試，譚獻曾記言：「吾之再從諸生服、趨舉場者，公實強之。」（〈諭子書〉一，頁688上）然而不幸落第。同治五年（1866），詁經精舍重建，馬新貽（字穀山，號燕門，諡端敏，1821～1870）召譚獻爲監院，譚獻於日記記載：「薛慰農、孫琴西兩先生主之，高伯平丈、李蒓客、張韻梅與予爲總校。」〔註25〕此時則與高均儒（字伯平，號鄭齋，1812～1869）、李慈銘（字愛伯，號蒓客，1830～1895）、張景祁（原名祖鋮，號蘩甫，一號韻梅，1827～1891）等人結識，譚獻編入采訪忠義總局，編纂《浙江忠義錄》，采錄浙江當地殉難於太平天國之亂者，並於同治六年（1867）成書。同年，譚獻中舉鄉試，時年已三十六，曾慨然而道：

〔註25〕《復堂日記》卷二，頁37。

符竹迎年，歸故鄉三除夕矣。鬢毛漸改，學殖終荒，三十
六年如蛇赴壑。艱辛乙榜，屬望無人。師友風期，等於骨
肉。獻歲發春，隨計北上。舟車安穩，文字吉祥。劫火餘
生，本忘榮利。但期還我儒官，庸書充隱，期以十年，治
經史未竟之業。〔註26〕

此文為譚獻逢值年末時，對於近年經歷之回顧。譚獻自赴京兆試後，
遭逢國家局勢的動盪而流寓他鄉，自認學問之事已多荒廢，又年歲漸
長，對於鄉試的結果更是不敢抱持任何期望；然而如今中取舉人，訝
異與欣喜之心情可想而知。面對新年將臨，譚獻則期許未來生活能一
切平安順利。對照當年徒泣於母旁的孩子，流寓於異鄉的遊子，此次
中舉可謂使譚獻找回當初少負志節，以期得以經世致用的理想與自
信。

　　然而譚獻之後分別於同治七年（1868）、同治十年（1871）與同
治十三年（1874）趕赴會試而皆未售，其間勞苦奔波，身心俱疲，求
取功名的態度也漸然出現變化。同治七年（1868）日記記載：「正月
四日，侖兒殤。十三年如一夢耳。」〔註27〕〈諭子書〉中也曾經提過：
「汝兄侖以正月殤，汝母之側，汝姐而已。」（〈諭子書〉一，頁 688
上）譚獻作有〈望月憶女〉一詩：

　　生汝過三歲，從無百里分。月如嬌女面，人倚秀州雲。
　　索果邪頻喚，敲門笑已聞。今宵依母膝，不見母歡欣。
　　　（《復堂詩》卷四，頁 156）

詩中「不見母歡欣」為譚獻妻子喪子的哀痛描述，可知在同治七年
（1868）以前譚獻應有一對兒女；而光緒二十六年（1900）日記中有
「大女自禾中歸寧」〔註28〕雖未能判斷是否為同一女，但不僅留存了
譚獻子女的紀錄，也可見譚獻與兒女之間的親情部分。

　　同治七年（1868）的日記中詳實記載著譚獻首赴會試的行跡。

〔註26〕《復堂日記》卷二，頁 38。
〔註27〕《復堂日記》卷二，頁 38。
〔註28〕《復堂日記》續錄，頁 410。

譚獻自正月八日發舟北上至嘉善，同行者有張預（字子虞，生卒年不詳）與袁昶（字爽秋，1846～1900）；十八日，抵上海；二月四日，搭南潯輪船至大沽，再移舟抵天津、通州，譚獻曾提及此段路途的情形：「輪船遇風雪，不飽魚鱉者，呼吸事耳。體多痰飲，寒結經絡，吾之患臂瘐即由於此。」（〈諭子書〉，頁 688 上）寫出自己於路途遭受風寒，成爲日後舊疾的來源。二月二十八日，行保和殿複試；三月八日，入闈，直至十六日出場；四月十日，榜發，譚獻言：「晨起見全錄，杭人售者六人，諸知己皆下第。」〔註 29〕五月八日，譚獻赴官秀水教諭。

同治十年（1871），譚獻二度趕赴會試，並對於此次行路過程描述：「石路犖确，人馬齊力，始得度險。夷塗不過一二里，又遇崎嶇矣。前行車覆，幸無損，同人惴惴。」〔註 30〕更對於官吏貪婪醜態寫道：「入南西門，關者如鼠狗貪饞不能厭，清晝攫金，乃在輦轂。所謂不容此輩，何以爲京師！」〔註 31〕而此次入闈考試，也讓譚獻直接目睹憾事：

（三月十一日）

　進場。有江右撫州某君扶病來，面無人色。服掖入號舍，心竊憂之。

（三月十二日）

　撫州生竟死！四千里外，驚此浮名，身殉矮屋，雖病歿，

　殆不得爲令終也。惋恨欲涕，草草完經文四藝。〔註 32〕

眼見同是一試爲求取登科者驟死之事，譚獻深深引以爲憾，而在影響當次的應試心情之外，也透露出譚獻對於讀書以求功名利祿產生莫可奈何，卻不得已而爲之的感受。而第二次會試，譚獻仍未能獲售，慨然而道：「念自己酉鄉闈至今，南北十一試，矮屋中過九十九日矣。

〔註 29〕《復堂日記》補錄卷一，頁 237。
〔註 30〕《復堂日記》補錄卷一，頁 247～248。
〔註 31〕《復堂日記》補錄卷一，頁 250。
〔註 32〕《復堂日記》補錄卷一，頁 252。

行年四十，驚此浮榮，亦何爲哉！」〔註33〕同年，譚獻始撰《群芳小集》，自稱「釁月樓主」，「釁」通「眉」，是言：「西樓以眉月顏之。眉月樓主，予舊號也。」〔註34〕一書主要記錄梨園伶人之姓名字號與劇目中所扮演的角色外，又加以詩句品題，爲《增補菊部群英》一卷。又同治十三年（1874）時，譚獻又撰《群芳續集》，是爲譚獻於戲曲方面的著作。〔註35〕

同治十一年（1872），譚獻返杭，友人章子佩（生卒年不詳）以莫氏不能再育，不能無子嗣而勸譚獻納妾；次年（1873），妾生一子，名瑾；同治十三年（1874），譚獻第三度赴會試，此年譚獻已四十三歲，且患有臂疾，言寫卷脫稿後「臂痛大作」，更言「春秋闈十一試，未有如今年之不欲戰者。草草不可以告友朋。夜月大好，賦〈古意〉二章。」〔註36〕而見〈古意〉二章內容：

> 明鏡化爲天，天涯照別離。明月化爲鏡，閨中照鬢絲。
> 鉛華日以黯，良人日以遠。春晚例蕉萃，不怨衣帶緩。
> 鄰女嫁過畢，自媒無是非。房櫳宛然靜，不語縫裳衣。
> 今年雙燕飛，應非舊相識。祇恐去年時，見妾當窗織。
>
> 三五二八年，蛾眉爾許長。春風有期信，待我君子堂。
> 出門行步工，忽墜雙明璫。棄之泥土中，還如匣閒藏。
> 徘徊江南春，華華自成行。拂拭玉馬鞭，結客少年場。
> 脫手無所贈，脈脈掩洞房。歸來卷單衾，自惜雙鴛鴦。
>
> （《復堂詩》卷五，頁 165）

前首詩作寫閨婦思念夫婿，隨著鉛華日黯，良人日遠，而逐漸憔悴消瘦的模樣。「鄰女嫁過畢，自媒無是非」似指元配莫氏，則是以女子口吻寫對於夫君久未歸返，獨守空閨的哀怨，也如同寫著元配莫氏獨

〔註33〕《復堂日記》卷二，頁 50。
〔註34〕《復堂日記》補錄卷二，頁 322。
〔註35〕譚獻所撰《增補菊部群英》一卷、《群英續集》一卷，以及記注之《懷芳記》，收錄於周駿富輯：《清代傳記叢刊》（臺北：明文書局，1985年），冊 88。
〔註36〕《復堂日記》補錄卷一，頁 260。

自等候自己的感受與心境。後首詩作則寫男子雖與女子有情誼，卻背棄盟誓，是言「棄之泥土中」；庾信〈結客少年場行〉中有「結客少年場，春風滿路香」，故以「拂拭玉馬鞭，結客少年場」寫男子流連聚會，意氣風發的模樣，並以「脈脈掩洞房」露骨語句，寫男子的另結新歡。然對照譚獻當時赴考失意，卻言作詩起因於「夜月大好」，則能感受到譚獻的故作豁達。詩作中雖寫男女情感，但卻也透露對於自己一生奔波，元配不離不棄，而自己卻納妾以對的愧疚心情。

　　譚獻三次會試皆落第，無法得以見用，然年事已高，又須維持家計，於是向親戚友人借貸，求取捐官，是言：「假貸戚友，入貲以縣尹官皖，非素心也。」、「既無期望之人，塵土一官，何與顯揚之志！但以鉛刀一割之用，不甘廢棄而已。」（〈諭子書〉，頁 688 下）光緒元年（1875）十月十二日，抵安慶，此時譚獻有詩作如〈南北行〉、〈江行〉、〈安慶〉、〈迎江寺〉等，詩句中多有感傷，如〈南北行〉：「人生失意無南北，日日煙霜冷胸臆。」、「筆研欲棄不得棄，無田無處容躬耕。」（《復堂詩》卷六，頁 168）〈迎江寺〉：「謬誤應官無一事，思歸心與大江東。」（《復堂詩》卷六，頁 169）

第四節　擔任縣令，轉徙各地（1877～1885）

　　光緒三年（1877）七月，譚獻檄官歙縣縣令，同年次子生，名瑜。譚獻言於歙縣任官情形：「新安山水大好，去故鄉最近，文物猶茂，雖大亂之後，餘韻猶存。吾作宰朞月，心神相樂，民間亦似樂予。」（〈諭子書〉，頁 688 下）、「文章禮義，名賢遺風猶存。巖壑勝絕，士民親愛。」（〈諭子書〉，頁 689 上）在在表露對於歙縣的山水風景與鄉土民情的欣喜之情；然而月餘後，譚獻忽聞摯友莊棫過世之事，是言：

> 忽得揚州書，乃莊中白訃也。郢人逝矣，臣質已淪。茫茫六合，此身遂孤。懷寧一別，竟終古矣！二十餘年，心交無第二人；素車之約，亦不能踐。夢魂搖搖，更無熟路。

〔註 37〕

譚獻與莊棫始結識於咸豐七年（1857）遊學於京師之時，此後兩人多有往來，譚獻曾作〈贈丹徒莊棫中白〉、〈翫月和莊中白〉、〈古意四首和莊棫〉、〈雪和中白〉、〈寄中白〉、〈寄莊中白〉等詩作。譚獻後來曾撰〈亡友傳〉一文，文中說道：

> 光緒三年七月，訪獻於安慶。語窮三晝夜，季未五十，諄諄言身後事，獻默訝其不祥，明季既病歿於家。平居寡言笑，每日暮無人，獨繞庭階百千步，或顧景自語，家人莫能問也。〔註 38〕

文中提到莊棫於光緒三年（1877）時曾拜訪譚獻，兩人久別重逢，暢所欲言，卻未想到竟成爲兩人最後一次的相聚。而文中寫出譚獻於摯友過逝之後鬱鬱寡歡，時常憶昔沉吟的心情，一生知音難尋，譚獻又視莊棫爲「性命骨肉之交」，而當時又未能弔唁摯友，其心情可謂哀痛至極。

光緒五年（1879）五月，譚獻奉檄全椒縣令，見薛時雨，曾言：「廷獻於全椒，薛夫子脩相見禮。」（《復堂文》卷四，頁 118）並在書信中提及：

> 次蒞全椒，先師桑根之鄉。宿昔話言，昔聞邑中風氣，士能讀書而不免矜，民能力穡而不免諼。故予理縣，頗持法以待不假借。（〈論子書〉，頁 689 上）

譚獻任全椒縣令，此地又是自己師執輩的家鄉，自然對於此次任官有著更爲審愼盡職的自我期許。而除了聽聞薛時雨講述全椒當地的民情之外，譚獻也親自深入民間，體恤民情，其日記記曰：

> 此地貧而惰，民氣不易昌而易抑。嘗與土人言，上因少培養元氣之吏，下實無興起恆心之民，而寙薄之士夫，從而蝕之，生殖教訓，有難言者。不才治此越兩年矣，燭蔽益

〔註 37〕《復堂日記》卷四，頁 80。

〔註 38〕譚獻撰：〈亡友傳〉，見譚獻《復堂文續》，卷四，收錄於《清代詩文集彙編》編纂委員會編：《清代詩文集彙編》（上海：上海古籍出版社，2012 年），冊 721，頁 261。

瞭，措手益拙，急圖釋手，以待賢哲與之更始。〔註39〕

譚獻於文中說明全椒當地之民情所以如此，實與官吏風氣有關，直指官吏若無正氣、亦無心治理一地之人民事務，人民又何以培養善意與恆心，無法風行草偃，上行下效，當地風氣自然無法昌盛。譚獻於當地曾見聞「使者乘軺，不恤人力犯寒」〔註40〕等民間疾苦，然而自己亦身為官吏，即使有心治理也需要長久的時間才能改變當地的風氣，又區區一屆縣令，對於官吏徇私貪婪的環境現實，更覺能力有限，故言「急圖釋手，以殆賢哲與之更始。」而譚獻亦曾有詩〈行縣作〉，詩中「嗟嗟催科亦吏責，忍用觹撻攫脂膏。」、「他年賢否無位置，更僕孰數譚全椒。」（《復堂詩》卷七，頁 182）亦是同樣的心境抒發。

光緒八年（1882）十一月，譚獻奉檄懷寧縣令；光緒十年（1884）五月，接任合肥縣令，途中作〈江行襍題〉，題為「自懷寧至合肥作」，是為赴官途中所見之景象與感發，共作十六首，此處引八首如下：

> 十載元龍氣，銷沈薄領間。風從襟袖出，日日拂龍山。
> 今古浮江水，何人擊楫來。浪華與雲葉，長傍客舟開。
> 江上餘霞色，天空蕩繡文。短簫長笛起，舊曲幾時聞。
> 妻子如漚鳥，風帆閱歲年。日斜方縱目，不覺沒蒼煙。
> 落日下羊牛，榆村樹無行。無人記來往，前路一蒼茫。
> 離亭築一呼，忽復變軍聲。江海此揮手，故人方遠征。
> 柳色隔江多，綿綿奈爾何。六朝人事盡，古意滿煙蘿。
> 樵隱同去蹤，車笠忘世語。脈脈古人心，濛濛渡江雨。

（《復堂詩》卷八，頁 187）

其一之「元龍」引用「元龍高臥」典故，《三國志·魏書·陳登傳》：「元龍無客主之意，久不相與語，自上大床臥，使客臥下床。」指待客怠慢無禮，而譚獻言「十載元龍氣」則指自己自光緒元年（1875）以來的羈旅生涯，即使為官任，但仍屬他鄉之異客。其二之「擊楫」引用「中流擊楫」典故，《晉書·祖逖傳》：「中流擊楫而誓曰：『祖逖

〔註39〕《復堂日記》補錄卷二，頁 296。
〔註40〕《復堂日記》補錄卷二，頁 292。

不能清中原而復濟者，有如大江。』」指懷有雄心壯志，可知譚獻於
此則有雄心壯志不復見的感慨。其三「漚鳥」引用「漚鳥知機」典故，
原指鷗鳥因瞭解他人心思而高飛不欲近人，譚獻則指與妻子阻隔遙
遠，如同鷗鳥在天際而無法接觸。其五之「楡村」即指安徽休寧，位
於歙縣，譚獻則指此時已與任歙縣縣令的時間長遠，是故興發「無人
記來往」的感觸。其八「車笠」爲「車笠之交」，意指友誼深厚而不
隨貧賤改變，譚獻則言欲與友朋偕同歸隱的想法。

第五節　以疾辭官，來往鄂、浙（1886～1901）

　　光緒十二年（1886）五月，譚獻上任宿松縣令，然而當時的身體
狀況已每況愈下，譚獻曾言「移宿松，大府之意，仍欲以首劇見畀，
予以觸末疾，筋力漸衰畏趨走。」、「徂秋予疾大作，邑雖小，曷敢臥
治？迫多眩作，氣上如沸，乃陳情大府，以疾代」（〈諭子書〉，頁 689
下）直至年底才得以交印卸職。譚獻在安徽的遊宦生活至此終止，曾
言：

> 十二月謝病受代。衣裳在笥，印綬辭身。文字憐癡，性情
> 抱獨。此後儻容寄傲，盬水爲盟。他年回憶，登場搔頭，
> 一笑而已。〔註41〕

陶淵明〈歸去來辭〉中有「倚南窗以寄傲」，譚獻則藉此表述從此欲
歸隱里居之意。而想起十餘年來的遊宦經歷，恍如一夢，官場如戲，
是故「登場搔頭，一笑而已。」但從日記與書信中留存的文字紀錄
可以知道，光緒十三年（1887）九月，太府仍欲使譚獻序補安徽含
山縣令，然而又因「疾大甚，夜嘔數升，苦如蘗。」（〈諭子書〉，頁
689 下）故譚獻是以再度因疾辭代，於是「從此作杜門想矣。」並
於杭州宗文義塾授課生徒，對照譚獻十五歲時曾於宗文義塾讀書，
則有回饋鄉里之意，是言：「人才雖未蒸蒸，要爲鄉里間孤寒之庇，

〔註41〕《復堂日記》卷七，頁 165。

但當綿延不廢，必有一二拔萃之士。」〔註42〕

　　光緒十四年（1888），譚獻有感於「問學遊跡，仕官文辭，率止於半」（〈諭子書〉，頁 690 下），故自稱半厂；次年（1889）譚獻納徐珂（1869～1928）於門下；光緒十六年（1890），因「得散之函，傳示鄂帥南皮師電音，以經心書院講席見屬，並促速行」〔註43〕故赴鄂接任經心書院院長。然而對照譚獻先前兩度以疾辭官，決意歸里深居的選擇，譚獻何以赴任此次邀職？則可從兩點推測：其一，張之洞（字孝達，號香濤，或號薌濤，1837～1909）曾爲譚獻之舉主，有人情在先；其二，譚獻對於教育的重視，如返杭後授課於宗文義塾即是一例，又譚獻對經心書院的評價爲：「書院爲公視學日創構，課郡縣高才生以經訓文辭，略同詁經精舍及學海堂之制。」〔註44〕是故譚獻接受此次招聘。

　　光緒十六年（1890）至十七年（1891），譚獻任命爲經心書院院長期間，有多次往返於湖北與杭州間的行跡紀錄：光緒十六年（1890）五月二十六日，譚獻暫計歸杭，並於六月抵返，次月登舟回鄂，同年又於十一月返杭，次年（1891）三月回鄂，直至七月譚獻返鄉，則爲最後一次的往返紀錄。

　　譚獻於返杭後，則改爲自行授讀二子：「今年兩兒子不就外傅，開家塾自課之。安排几案，雜陳句讀書，還吾四十年老學究面目。」〔註45〕光緒十八年（1892），譚獻二子赴縣試，使譚獻頓生百感交集，言道：「忽憶兒時與伯兄慕僑同應童子試，情事如昨，淒然幾不成寐。」〔註46〕譚獻想起十六歲赴童子試時的回憶，而如今自己的兒子也要同樣走上仕進之途，既爲時光流逝而感傷，同時也有著譚獻不堪想像兒子是否也會走上如同自己的游宦之轍。

〔註42〕《復堂日記》補錄卷二，頁 327。
〔註43〕《復堂日記》補錄卷二，頁 338。
〔註44〕《復堂日記》卷八，頁 186。
〔註45〕《復堂日記》續錄，頁 348。
〔註46〕《復堂日記》續錄，頁 349。

　　光緒十九年（1893），譚獻元配莫氏逝世，日記記載：「內子奄然竟逝。四十年貧賤患難，攜手長辭。茹蘖辛苦，正恐鼓盆亦不成聲矣！」〔註47〕此年之後，譚獻又屢次來往於鄂、浙之間，但從日記中的紀錄來看，散雜譚獻屬定詩詞文集，如《蒙廬詩》、《嶺南三家詞》、《龍泉札記》等，又或與友朋間的讀書與贈書，而又在光緒二十年（1894）中日戰爭的背景之下，譚獻時常對於國家局勢有所關切與反應，如光緒二十一年（1895）正月二十八日：「聞煙台不守，臺、澎有警，不知作何究竟。」〔註48〕閏五月二日：「見人間文字有云『非以今日為外患之憂，而以今日為內變之始』。亮哉斯言！」〔註49〕十月二日：「易實甫來，談臺南戰守事。壯而危之，相向而哭。」〔註50〕又或認為國家需要改變積習，例如八股取士：「年內了甄別生童文字，黃茅白葦，至千餘篇，不獨為一隅嘆。八股世界變相至此，宜海內皆忘變法也。」〔註51〕又或對於上書變法的質疑：

> 康工部有為有五次上書，為大僚所格，未達九重。原文傳布，登滬上報章，展閱一過。言有過於痛哭者。扼不上文，故為沉篤之習。然以此為藥，即能起篤疾，尚不敢信。〔註52〕

譚獻在日記中迫切地表達對於局勢變化的關切與感想，甚至對於當時康有為（1858～1927）上書變法一事抱持不同的看法；然而同時卻也表示，譚獻自覺身為一介平民，身為無所見於世的讀書人，也僅能於從報章或友朋得知消息時作出些許感發，或又記錄於自己日記當中的感慨。

　　光緒二十六年（1900），譚獻時年六十九歲，對於自己的身體狀況說道：「子韶脈我，謂有積滯，處方。我胸中所積，豈藥物所能去

〔註47〕《復堂日記》續錄，頁365。
〔註48〕《復堂日記》續錄，頁374。
〔註49〕《復堂日記》續錄，頁377。
〔註50〕《復堂日記》續錄，頁379。
〔註51〕《復堂日記》續錄，頁384。
〔註52〕《復堂日記》續錄，頁394。

邪！」〔註 53〕而至光緒二十七年（1901）六月七日的日記寫著：「子
韶來診。堅欲停藥，仍不能也，洩仍不已。」〔註 54〕則是爲《復堂日
記》中最後一筆的日記資料，譚獻也於當年病逝，年七十。

　　譚獻曾言自己一生經歷爲「流亡早歲，奔走中年，辛苦不足又
道。」（〈諭子書〉一，頁 690 上）綜觀譚獻平生勞苦奔波，主要原
因來自出身於孤寒的家庭背景。曾因貧困而險些無法繼續受學，曾
因無法協助家計而有感愧對於母親，譚獻曾說：「吾家科名不振，儒
風淡薄。」〔註 55〕而與亡父同樣久困場屋，最後卻只能捐貲納官，
僥求俸祿，游宦於安徽各地，委任於縣令而已。

　　史傳言譚獻「少負志節」，而從譚獻在求學、論學上的表現，確
實可以看見譚獻對於學術的熱衷與嚮往；但是在面對最爲現實的經濟
情況，卻使得譚獻不得不汲汲於科場，不僅期許自己能一展抱負，見
用於世，同時也期許著能憑藉登科仕進，改善家境，重振家風。

　　而從日記中也可以看見譚獻最爲眞實的個性與樣貌，如不諱言
與友朋在學術思想上的意見歧異，如「子高前日有一書與予，爭東
原爲本朝儒者第一。予不答。此事非一人私言，予故品東原爲第二
流之高者。」〔註 56〕或描寫親眼目睹之官場現象與民間疾苦，如「知
周星詒季貺被劾，有追繳巨金、發遣軍台之讉。宦海風波，可爲惕
息！」〔註 57〕、「夫輦有凍死者。嗚乎！作吏無狀，上不能感召天和，
下不能矜全民命。」〔註 58〕或對於購買與收藏書籍的嗜好，如「爾
來甚迫促，然遇舊籍，終有解衣之癖。」〔註 59〕或對於清朝局勢與
風氣改變的質疑，如「不意今日電線乃遍中國，騁機鬥捷，用夷變

〔註 53〕《復堂日記》續錄，頁 409。
〔註 54〕《復堂日記》續錄，頁 413。
〔註 55〕《復堂日記》補錄卷二，頁 279。
〔註 56〕《復堂日記》卷一，頁 4。
〔註 57〕《復堂日記》補錄卷二，頁 274。
〔註 58〕《復堂日記》補錄卷二，頁 292。
〔註 59〕《復堂日記》補錄卷一，頁 219。

夏，無益實事，徒亂人心。以視信局，豈非變本加厲者乎！」〔註60〕
在在文字紀錄皆可見《復堂日記》確實爲探討譚獻生平最爲珍貴且
重要的文獻資料依據。

〔註60〕《復堂日記》卷六，頁135。

第三章 譚獻詞學理論之導源與建立

　　譚獻的詞學理論建立於張惠言（1761～1802）與周濟（1781～1839）之後，論詞的基礎也多出自於常州詞派，並從中進行理論上的修正調整，擔任兼容開拓的角色。本章欲對譚獻的詞學理論做一整理耙梳，先分別從張惠言與周濟兩位最具代表性的常派詞人，析論各自最具代表性的詞論主張，以了解常派論詞之意涵與要旨；次以譚獻對於張、周詞論進行闡釋與推衍的表現，從譚獻對於前人論述接收的程度與解讀的方式，探討自張惠言、周濟以至於譚獻以來在詞論觀點上的異同，以及從譚獻詞論所建立的表現與成果，進而理解譚獻於詞學論述方面的個人思想及特色。

第一節　常州詞派之理論基礎

　　由於近代對於常州詞派、張惠言與周濟，以及相關之詞學理論部分，已有諸多前賢學者進行精闢透徹的申論與研究，故筆者於分別敘述張惠言與周濟的詞學論述時，僅採取較具指標性、代表性的論點，經由兩人在詞論上分別建立的架構，了解常派群體所遵循的理論根據，以作爲本節論述的主軸。

一、常派詞論奠定者：張惠言

　　嘉慶二年（1797），張惠言與其弟張琦坐館歙縣金榜家，由於授

課金榜諸子習詞上的需要，是以編選《詞選》兩卷，共選錄唐宋詞人44家與116首詞作。〔註1〕自《詞選》一書刊刻問世之後，詞壇方面也因此逐漸造成群體性的跟進與凝聚，於是張惠言及其《詞選》亦被視爲常州詞派興起的創始標誌。〔註2〕

　　道光十年（1830）張琦重新校對並刊刻《詞選》，起因於「同志之乞是刻者踵相接，無以應之」〔註3〕可見當時以張惠言爲首的常派詞學體系，已經逐漸形成一股足以與後期浙派相互抗衡的風氣與力量。

　　張惠言在《詞選》中所撰寫的序文、點選的詞評以及選詞的取向等等，往往被視爲是常派詞學理論初步建立的表現，並對於常派日後的詞論發展，樹立一定的標竿。其中序文部分更對於詞的源起、內涵、流變，都有綱要式的說明與解釋；而張惠言編選《詞選》的用意，可分別由推尊詞體、意內言外、析述詞源三個部分來加以進行探討。

〔註1〕　案《詞選‧目錄》之文字敘述，分別言選「唐詞三家二十首」、「五代詞八家二十六首」、「宋詞三十三家六十八首」，依其言加以總算，所得詞家數爲44人，詞作數爲114首。然與目錄最後所計「凡詞四十四家一百十六首」產生了2首詞作數量的出入。實際對照檢視《詞選》選錄內容，所選詞作確爲116首，誤差乃出自於目錄所言宋詞部分「六十八首」少計兩首，應爲「七十首」，在此註之。

〔註2〕　對於常州詞派的形成定義，有著不同的說法，如嚴迪昌《清詞史》：「張惠言的《詞選》在同道友朋間，主要是『同年』或學者群中是有流傳的，但並非被認爲是獨創一派的旗號，而且不認爲是與『浙派』南轅北轍相對立的。……常州詞派的活躍期應始自道光十年左右。張惠言的被推崇，是後來推源溯淵時的追尊。」見嚴迪昌著：《清詞史》（南京：江蘇古籍出版社，2001年），頁471～472。而朱德慈《常州詞派通論》則根據張宏生《清代詞學的建構》中對於詞派的四種成立條件，進以認爲：「把皋文尊奉爲常州詞派開山祖師，把《詞選》的出現認作是常州詞派形成的標志，這一傳統觀點無須更正。」見朱德慈著：《常州詞派通論》（北京：中華書局，2006年），頁23～24。

〔註3〕　張琦撰：《重刻詞選‧序》，《續修四庫全書》（上海：上海古籍出版社，2002年），冊1732，頁535。

（一）推尊詞體，論詞之正統性

首先張惠言在《詞選》序文中推溯詞的起源，認爲詞乃「出於唐之詩人，探樂府之音以制新律，因繫其詞，故曰詞。」〔註4〕將詞體創始的時代推回至唐代，說明詞乃是以古樂府的音樂作爲基礎，再進行按度填字的創作過程所產生的一種新起文學。不僅強調詞的本質與音樂之間有著必然的關聯性，並且也指出詞出自於詩人一類文人之手所創作的正統性。而由於這種正統性，故詞體得以尊高，張惠言則更進一步將詞與《詩經》、《楚辭》相與比擬：

> 《詩》之比興，變風之義，騷人之歌，則近之矣。然以其文小，其聲哀，放者爲之，或跌蕩靡麗，雜以昌狂俳優。然要其至者，莫不惻隱盱愉，感物而發，觸類條鬯，各有所歸，非苟爲雕琢曼辭而已。

《詩經》有賦、比、興、風、雅、頌之「六義」，而其中賦、比、興是《詩經》的創作手法，「比」有比喻比類之意，「興」有興起感興之意，張惠言則認爲詞也可以使用或是存在著與比興相似的創作手法，故言「近之矣」。《詩經》〈國風〉中的變風有揭露「王道衰，禮儀廢，政教失，國異政，家殊俗」諸種政教之用，《楚辭》〈離騷〉則抒發君子憂患遇難、思君念國等志節情懷，而詞人因有感而發，借著詞作來表達一己之感觸與情思，詞的內容因此足以被賦予更具深度的意義，自然有別於「跌蕩靡麗」、「昌狂俳優」一類被視爲酬賓遣興、倡伶技藝觀感之下所產生的詞作。張惠言並更進一步說明詞的內容不外乎在於喜怒哀樂諸種情緒的表達，或是由於某些特定人物事物所造成的感發，而比興手法的運用，則能讓情感有所引申、有所寄託，使詞在文字與意旨上皆能達到流暢通達、各有所歸的標準，則方爲詞之「要其至者」。

〔註4〕張惠言撰：《詞選・目錄敘》，見《續修四庫全書》冊1732，頁536。本章所引用張惠言之《詞選》序文內容，皆以此版本爲據，不另加註。

（二）意內言外，深化詞作意旨

張惠言在《詞選》序文中對於詞的定義爲：「傳曰：『意內而言外謂之詞。』」是以《說文解字》中釋「詞」一字之訓釋傳注，作爲界定。但是若以客觀角度思考此種定義方式，則有值得進一步商榷之處。張惠言爲清代著名的經學家，從對於「詞」的定義方式來看，則可知張惠言以治經學的方式移治詞學，而引用《說文》中的傳注，出自於張惠言治虞翻《易》學中的「貫穿比附」法，因以截取《說文》釋「詞」一字之義，而將文字性質之「詞」解讀成文學性質之「詞」，是故不免有斷章取義、穿鑿附會的疑慮與缺失在先。然而由前述可知，「尊詞體」爲張惠言立論的要旨之一，在其倡導詞體之尊、詞源之正的立場之下，張惠言藉著「意內而言外謂之詞」的引用與註解，亦可視爲是有意用以尊高詞體的一種方式。〔註5〕

詞之「意內言外」則表現在「緣情造端，興於微言，以相感動」，亦指詞的三種要素：以情感意志爲緣起開端，以精深微妙的文字表達，使讀者能有所感動。言「極命風謠里巷男女哀樂，以道賢人君子幽約怨悱不能自言之情，低徊要眇以喻其致」，則是認爲詞是以含蓄蘊藉的方式來傳達作者眞實的情感意志，意指即使詞作寫著如同風俗民謠傳唱男女訴情一類淺白的內容，也仍可依循著「意內言外」的解讀方式，揭示賢人君子寄託於詞作中幽隱委曲的意旨。

張惠言在《詞選》一書中認爲部分詞作有著「感士不遇」〔註6〕、

〔註5〕 對於張惠言釋「詞」一字所產生的問題與其背後的原因，葉嘉瑩《迦陵論詞叢稿》中〈常州詞派比興寄託之說的新檢討〉說道：「張惠言用漢代許愼《說文》中解釋『語詞』之『詞』的話，來解說晚唐、五代以來一種新興的韻文體式，其牽強附會，當然是顯然可見的。而張氏居然用了這種顯然可以見其謬誤的說法，殆亦非全然無故。」見葉嘉瑩撰：《迦陵論詞叢稿》（臺北：明文書局，1981年），頁321～323。

〔註6〕 評溫庭筠〈菩薩蠻〉（小山重疊金明滅）：「此感士不遇也。篇法彷彿〈長門賦〉，而用節節逆敍。此章從夢曉後，領起『懶起』二字，含後文情事，『照花』四句」，離騷初服之意。」

「去國之情」〔註7〕、「君國之憂」〔註8〕諸類評論,則是藉由詞人作詞的筆法,推敲詞作文字辭句的意涵,以還原詞人寫作背景,理解詞人寫作用意。而王國維曾對於此種解讀方式提出質疑的看法:「飛卿〈菩薩蠻〉、永叔〈蝶戀花〉、子瞻〈卜算子〉,皆興到之作,有何命意,皆被皋文深文羅織。」〔註9〕認爲詞作是否只是詞人單純用以寫景詠物,或確有其用心寓意所在,並不能就此斷然論定,需以審慎的態度回歸詞作原貌。但若以張惠言的理論架構而言,詞作中的寓意反映著作者或讀者對於時代環境的投射,而利用比興創作之法、意內言外之旨,深化詞作內容、提升詞人情志,使詞不再只是單純用以抒發個人感觸,則是張惠言欲使詞作具備傳達當世政教之用、個人情懷意志的目的。〔註10〕

(三)析述詞源,區別正聲雜流

張惠言論及《詞選》一書所欲能達到的作用在於:「塞其下流,導其淵源,無使風雅之士懲於鄙俗之音,不敢與詩賦之流同類而風誦之也。」欲使習詞者、作詞者或是一般文人學士不因將詞視爲「鄙俗之音」而不敢爲之,是故推尊詞體、深化詞意,使詞能與詩賦同登大雅之堂。文學有雅俗之分,詞亦有之,張惠言則藉由從唐代至宋代詞

〔註7〕 評范仲淹〈蘇幕遮〉(碧雲天):「此去國之情。」

〔註8〕 評王沂孫〈眉嫵〉(漸新痕懸柳):「碧山詠物諸篇,並有君國之憂。此喜君有恢復之志,而惜無賢臣也。」

〔註9〕 王國維撰:《人間詞話》,此處所引用之文字出自於刪稿部份,見唐圭璋編:《詞話叢編》(北京:中華書局,2005年),冊5,頁4261。

〔註10〕張惠言以經學治詞學,其思想與用意與當時所處之時代環境有著密切的關係,陳慷玲《清代世變與常州詞派之發展》認爲張惠言的詞學蘊含著政治隱喻,並言:「由於虞氏《易》重視象,其涵義主要以象呈現,張惠言在治《易》的同時,亦進一步的將《易》的意象原理運用至詞體的詮釋及創作,於《詞選》一書確立象徵系統的經世意涵,並具體實踐於《茗柯詞》。《茗柯詞》的政治寄託是極爲隱微的,必藉由《詞選》中之張氏評語的引導,方能彰顯其意象中含藏的家國指涉。」見陳慷玲:《清代世變與常州詞派之發展》(臺北:國家出版社,2012年),頁87～108。

人與詞風提要式的分述，以展現詞的發展脈絡。

張惠言論唐代詞人：

> 自唐之詞人李白爲首，其後韋應物、王建、韓翃、白居易、
> 劉禹錫、皇甫松、司空圖、韓偓並有述造，而溫庭筠最高，
> 其言深美閎約。

呼應前述詞乃源自唐代詩人之手的說法，並列舉李白至溫庭筠十位
詞人，其中尤其對於溫庭筠的評價最高。進而對照《詞選》的選錄
狀況，在卷一所選錄的三家唐代詞人當中，確實以溫庭筠18首詞作
爲最多。張惠言則是以溫詞之精深美妙，內容廣博豐富、文字簡潔
精鍊等特色，作爲詞最高境界的代表。

而論五代詞人：

> 五代之際，孟氏、李氏君臣爲謔，競作新調，詞之雜流，
> 由此起矣。至其工者，往往絕倫，亦如齊、梁五言，依託
> 魏、晉，近古然也。

由當時五代君臣上下競相填詞、新創詞調的風氣背景加以探討，認爲
此時詞作開始出現「雜流」之變，是故詞源脈絡、詞作風格自此產生
截然的劃分。然而張惠言認爲當時仍有工於詞者，即使詞作形式如齊
梁體般講究工整精細，內容也多寫吟詠風月一類，但若尚存有魏晉詩
歌般抒志詠懷的意旨，張惠言則認爲亦能爲醇古雅正之作。

張惠言又言「自宋之亡而正聲絕，元之末而規矩隳。」其中「正
聲」的概念，則是與「雜流」相互對照而來。張惠言認爲詞於唐代的
發展，直至溫庭筠時仍屬雅正；五代則因爲將詞作視爲競藝手段，而
在此一風氣渲染之下，才逐漸出現與雅正偏離違背的「雜流」之類。

論詞發展至宋代：

> 宋之詞家，號爲極盛。然張先、蘇軾、秦觀、周邦彥、辛
> 棄疾、姜夔、王沂孫、張炎，淵淵乎文有其質焉。其蕩而
> 不反，傲而不理，枝而不物，柳永、黃庭堅、劉過、吳文
> 英之倫，亦各引一端，以取重於當世。而前數子者，又不
> 免有一時放浪通脫之言出於其間。

宋代的詞人詞作數量大增，張惠言則舉張先至張炎八位詞人，認爲他們的詞作深廣淵博，文辭與內容符實相當，可視爲張惠言所謂之「正聲」；但同時張惠言卻也不諱言這些詞人仍有些過於放蕩不檢的詞作，是以較全面且客觀的批評角度來檢視詞人不同風格的詞作。而張惠言以「蕩」、「傲」、「枝」三字作爲柳永、黃庭堅、劉過和吳文英四人詞作弊病上的批評：認爲詞若過於放蕩恣意則悖離雅正，過於豪率倨慢則粗率不整，過於冗長瑣碎則言之無物，可見此三種缺失並不位於「正聲」行列之中。

　　張惠言以針對「後進彌以馳逐，不務原其指意，破析乖剌，壞亂而不可紀」諸種亂象，編選《詞選》一書，欲藉由《詞選》中所選「義有幽隱，並爲指發」的詞作，來作爲當代習詞作詞者的範本；並從唐代至宋代詞人詞風演變的情形，循繹其發展脈絡，從中加以區分「正聲」與「雜流」，用意則是爲了發揮《詞選》「塞其下流，導其淵源」的功用，使「安蔽乖方，迷不知門戶者」得以知返詞之雅正本質，走上正確的習詞作詞途徑。

二、常派詞論承續者：周濟

　　常州詞派理論的發展自張惠言以後，周濟則爲同樣於選詞、論詞以及作詞等手法上皆有所闡述發揮並且創立論點的代表人物。嘉慶九年（1804），周濟始友識董士錫，且習詞亦受法於董氏；董士錫爲張惠言的弟子，亦爲外甥，而周濟與董士錫之間有著師友關係，對於常派詞論也自然有著接收的機會。〔註11〕

　　周濟同樣藉由編選詞選集的方式來陳述表現自己的詞論觀點。嘉慶十七年（1812），周濟於客授吳淞時編選《詞辨》一書，以作爲教授弟子田端習詞的教材；道光十二年（1832），又編選《宋四家詞選》，藉由標舉宋代四家詞人，指示習詞之門路途徑，是周濟於晚期

〔註11〕關於董士錫在常州詞派中對於張惠言詞論的接承以及對於周濟詞學的影響，參見陳慷玲〈常州詞派建構之樞紐——論董士錫之詞學活動〉一文，收錄於《成大中文學報》第 31 期，2010 年 12 月，頁 135～158。

時較爲完整成熟的詞論代表著作；此外，周濟另撰有《介存齋論詞雜著》，則亦是在詞選專著之外表述詞學觀點的重要資料。

（一）論詞風正變

張惠言首先提出詞有「正聲」與「雜流」之別，而周濟《詞辨》一書則更明白直截地以「正」與「變」作爲編選與歸類詞作的依據。周濟談及編選《詞辨》各卷時的內容與情形：

> 向次《詞辨》十卷，一卷起飛卿爲正，二卷起南唐後主爲變，名篇之稍有疵累者爲三、四卷；平妥清通，纔及格調者爲五、六卷；大體紕繆，精彩間出爲七、八卷；本事詞話爲九卷；庸選惡札，迷誤後生，大聲疾呼以昭炯戒爲十卷。既成寫本付田生，田生攜以北附糧艘行，衣衲不戒，厄於黃流，既無副本，惋歎而已。爾後稍稍追憶，僅存正變兩卷。〔註12〕

可知《詞辨》原有十卷，內容有選詞與詞話。選詞以按卷方式逐次區分詞作之優劣，而其中最爲特別之處則在於第十卷所選乃爲警惕習詞學生引以爲戒的「範本」，有別於一般選詞者刻意忽略不收認爲較爲劣等之作的常態編選方式。然原寫本卻在田生某次登舟赴北時不幸「厄於黃流」，而後周濟依憑記憶重寫，於是爲現今之《詞辨》兩卷，此二卷則與原十卷本中首二卷之「正」與「變」相同，故可知周濟有意以選詞方式表現其正變之定義與內容，使習詞者得以有所遵循。

同時對照《詞辨》選錄內容〔註13〕，兩卷所選詞人之時代範圍

〔註12〕周濟撰：《介存齋論詞雜著》，《續修四庫全書》（上海：上海古籍出版社，2002年），冊1732，頁579。《續修四庫全書》收錄周濟之《詞辨》與《宋四家詞選》，而《介存齋論詞雜著》附於《詞辨》之序文後、正文前。

〔註13〕《詞辨》選錄狀況：（卷一）溫庭筠10首、韋莊4首、歐陽炯1首、馮延巳5首、晏殊1首、歐陽修2首、晏幾道1首、柳永1首、秦觀2首、周邦彥9首、陳克4首、史達祖1首、吳文英5首、周密2首、王沂孫6首、張炎3首、唐珏1首、李清照1首。（卷二）李後主9首、蜀主孟昶1首、鹿虔扆1首、范仲淹2首、蘇軾2首、王安國1首、辛棄疾10首、姜夔3首、陸游1首、劉過2首、蔣捷1首。共計選錄29人與92首詞作。

皆爲晚唐至南宋。第一卷以溫庭筠爲首，選至李清照，共 18 位詞人、59 首詞作，序文言此卷所選「溫庭筠、韋莊、歐陽修、秦觀、周邦彥、周密、吳文英、王沂孫、張炎之流，莫不蘊藉深厚，而才艷思力，各騁一途，以極其至。」〔註14〕此卷所選是爲「正」；第二卷則由李後主選至蔣捷，共 11 位詞人、33 首詞作，序文言此卷「南唐後主以下，雖駿快馳騖，豪宕感激，稍稍漓矣，然猶皆委曲，以致其情，未有亢厲剽悍之習。」此卷所選是爲「變」。

由此可知，周濟亦是由詞作風格來區分詞之正變，以「蘊藉深厚」爲正，以「豪宕感激」爲變。《詞辨》卷二所選詞人的詞作風格豪放跌宕卻不流於激昂兇悍，不失詞原本委婉其辭、通達其情的意涵。然而周濟論詞之正變，則與張惠言劃分正聲與雜流的概念不同，周濟曾進一步解釋：「變，亦正聲之次也。」可見「變」是指詞作以不失正聲意旨爲前提之下，在風格上進行轉變的另一種表現方式，而不是劣於正聲或非屬正聲的對立關係。

（二）論寄託筆法

張惠言以《詩經》比詞，認爲詞人能運用比興創作手法，將一己之情思與感慨蘊含於詞作當中，讀詞者亦能藉由此種媒介，從詞中文字所使用的引申比喻、象徵聯想，來解讀體會詞人之用心。而周濟又在張惠言的「比興」概念上，又更進一步發展並提出詞有「寄託」一說：

> 夫詞非寄托不入，專寄托不出。一物一事，引而伸之，觸類多通。驅心若游絲之罥飛英，含毫如郢斤之斲蠅翼，以無厚入有間。既習已，意感偶生，假類畢達，閱載千百，謦欬弗違，斯入矣。賦情獨深，逐境必寤，醞釀日久，冥發妄中。雖鋪敘平淡，摹續淺近，而萬感橫集。五中無主，讀其篇者，臨淵窺魚，意爲魴鯉，中宵驚電，罔識東西。

〔註14〕周濟撰：《詞辨・序》，《續修四庫全書》（上海：上海古籍出版社，2002 年），冊 1732，頁 576。本章所引用周濟《詞辨》序文之內容，皆以此版本爲據，不另加註。

　　赤子隨母笑啼，鄉人緣劇喜怒，抑可謂能出矣。〔註15〕
周濟言詞作以寄託爲主體，作詞也以寄託爲要旨。寄託的動機來自於
詞人對周遭事物的反應與感受，寄託的筆法則是將對某件事物的想法
與認知，延伸推廣至其他同類的事物上。周濟更以譬喻的方式來談論
寄託手法：捕捉創作的靈感與動機，要如隨風飄蕩的蛛絲捕捉住雪花
一般細微巧妙；下筆爲文的構思與安排，要如郢匠揮斧以高超技巧砍
削蠅翼一般游刃有餘。「入」，即是學習如何使用寄託手法，是初始作
詞的目標與規範；而周濟又言「專寄託不出」，則是提醒不過度拘泥
執著於寄託，認爲寄託不應刻意爲之。唯有不求寄託而渾然自有寄託
的詞作，才能有著渲染人心、影響情感的功用，則是所謂達至「出」
之境界。

　　周濟《宋四家詞選》序文中提出寄託之「出」、「入」，其用意在
於希冀詞人作詞都要有所寄託，善用寄托筆法作詞，不言之無物、
不無病呻吟。此外在《介存齋論詞雜著》中，周濟也曾提出寄託之
「有」、「無」：「初學詞求有寄託，有寄託則表裏相宣，斐然成章。
既成格調，求無寄託，無寄託則指事類情，仁者見仁，知者見知。」
〔註16〕其中「求有寄託、求無寄託」與「詞非寄託不入，專寄託不
出」有著相同用意，要求詞人在寄託之「出」與「入」之間拿捏適
當，從初始的求「有」寄託逐漸提升至不著痕跡的「無」寄託。「仁
者見仁，知者見知」則說明讀者不但能憑藉著詞作中的寄託來解讀
詞作，並能根據自身的經驗與體會來賦予詞作新的意義，在作詞者
與讀詞者間產生一種更開放的互動作用。

（三）論詞亦有史

　　周濟論詞有寄託，而寄託之主體乃出自於詞人個人情感意志的
觸動與抒發。詞人根據自身所處之時空背景、周圍事物、靈感思考

〔註15〕周濟撰：《宋四家詞選・序》，《續修四庫全書》（上海：上海古籍出
　　　　版社，2002年），冊1732，頁592。本章所引用周濟《宋四家詞選》
　　　　序文之內容，皆以此版本爲據，不另加註。
〔註16〕周濟撰：《介存齋論詞雜著》，見《續修四庫全書》冊1732，頁577。

諸種因素，藉著象徵、比喻等手法，表述眞實的心理狀態。周濟對
於促使寄託產生的動機以及取材涉及的範圍，說道：

> 感慨所寄，不過盛衰，或綢繆未雨，或太息厝薪，或己溺
> 己飢，或獨清獨醒，隨其人之性情、學問、境地，莫不有
> 由衷之言。見事多，識理透，可爲後人論世之資。詩有史，
> 詞亦有史，庶乎自樹一幟矣。若乃離別懷思，感士不遇，
> 陳陳相因，唾瀋互拾，便思高揭，溫、韋不亦恥乎！〔註17〕

引起興發感慨的因素有大有小，無論是對於國勢安危、世局變化的感
觸，或是自我修身養性、以世道爲己任的心志，都會隨著作者個人的
性情、學問、境遇等獨特性而有所不同。「詩有史」，指詩可以言史記
史，在詩作中反映史實，以資爲後世警惕教訓之前鑑；周濟認爲詞亦
擁有同樣的功用，故言「詞亦有史」。有史之詞相較於張惠言所謂「以
道賢人君子幽約怨悱不能自言之情」偏重於個人情志抒發、政教之用
的詞作，其題材內容則更爲深廣，在表述詞人對於現實時局的主觀感
受之外，也同時客觀地描寫國態局勢，所傳達的意義與造成的影響則
比「離別懷思，感士不遇」一類詞作來得更爲深刻。

蔣兆蘭《詞說》曾如此說道：

> 詞雖小道，然極其至，何嘗不是立言。蓋其溫厚和平，長
> 於諷諭，一本興觀群怨之旨，雖聖人起，不易其言也。周
> 止庵曰：「詩有史，詞亦有史。」一語道破矣。〔註18〕

認爲周濟之「詞亦有史」，如同《詩經》擁有興觀群怨的功能一般，
即指不離文學溫柔婉約之本質，並能達到諷諭目的之詞作。若進一
步思考周濟何以提出此一論點，大致可由兩方面來推測：其一，與
周濟當時所處之清廷局勢相關，出自對於國勢日漸衰敗、懷藏隱憂
的觀察，欲以詞作爲描寫反映現實的表述方式；其二，與當時浙西
詞派末流之作詞風氣相關，周濟欲破除詞作流於堆砌雕飾、空無立

〔註17〕周濟撰：《介存齋論詞雜著》，見《續修四庫全書》冊1732，頁577。
〔註18〕蔣兆蘭撰：《詞說》，見唐圭璋編：《詞話叢編》（北京：中華書局，
　　　2005年），冊5，頁4638。

意諸種弊病，欲使詞作回歸言之有物，可以言志等實質的積極作用。

　　蔡嵩雲《柯亭詞論》認爲：「常州派倡自張皋文、董晉卿、周介存等繼之，振北宋名家之緒，以立意爲本，以叶律爲末。」〔註19〕是爲在詞之立意以及推崇北宋詞兩方面的貢獻上給予肯定之外，同時並將周濟定位爲常派的繼承者；陳匪石也曾評論過周濟：「其非寄託不入，專寄託不出二語，尤爲不二之法門。自周氏書出，而張氏之學益顯。百餘年來詞徑之開闢，可爲周氏導之。」〔註20〕可見周濟確實可視爲是自張惠言以後引領常派詞論繼續延伸發展的重要關鍵人物。

第二節　譚獻詞論之架構表現

　　譚獻曾言自己於習詞歷程上的轉變：「始塡詞，旋又棄去，後乃尊信張皋文、周保緒先生之言，銳意爲之。」〔註21〕又編選《篋中詞》：「以衍張茗柯、周介存之學。」〔註22〕都能看出譚獻對於張惠言與周濟的詞學理論有著自覺性的尊崇與推續用意；然而譚獻又指出周濟《宋四家詞選》：「陳義甚高，勝於宛鄰《詞選》。」〔註23〕則可看出譚獻對於張、周二人之詞論，仍有著不同程度的接收與看法。而譚獻早期習詞曾師法於浙派，對於譚獻的詞論觀點亦有著一定的影響，本節則以譚獻詞論之架構表現，了解譚獻從常派張、周以及浙派詞論基礎演變而來的詞學觀點。

〔註19〕蔡嵩雲撰：《柯亭詞論》，見唐圭璋編：《詞話叢編》（北京：中華書局，2005年），冊5，頁4908。

〔註20〕陳匪石撰：《聲執》，卷下，見唐圭璋編：《詞話叢編》（北京：中華書局，2005年），冊5，頁4965。

〔註21〕譚獻撰：〈復堂諭子書〉，收錄於《叢書集成續編》（臺北：新文豐出版社，1989年），冊60，頁689。

〔註22〕譚獻撰；范旭侖、牟曉朋整理：《復堂日記》（石家莊：河北教育出版社，2000年），卷三，頁72。

〔註23〕《復堂日記》卷三，頁65。

一、接續張、周詞論基礎

譚獻曾經表述自己詞學常州詞派，其詞論也多汲取於常派，尤其譚獻對於張惠言與周濟兩位常派代表性人物之詞論皆有所延伸，主要表現於論詞之雅正、比興寄託以及正變三個論點基礎上。

（一）以雅正尊詞體

譚獻曾編有《復堂詞錄》，其選錄範圍為：「以唐五代為前集一卷，宋集七卷、金元一卷、明一卷為後集。」〔註24〕其敘文內容更與張惠言論詞之概念有所呼應之處，如言：「詞為詩餘，非徒詩之餘，而樂府之餘也。」〔註25〕直指出詞的音樂性質，譚獻則亦同樣以《詩經》來說明詞的本質：

> 愚謂詞不必無頌，而大旨近雅。於雅不能大，然亦非小，
> 殆雅之變者歟？其感人也尤捷，無有遠近幽深，風之使來。
> 是故比興之義，升降之故，視詩較著，夫亦在於為之者矣。
> 上之言志，永言次之。志絜行芳，而後洋洋乎會於風雅。
> 雕琢曼辭，蕩而不反，文焉而不物者，過矣靡矣！又豈詞
> 之本然也哉！〔註26〕

譚獻從《詩經》中屬於正樂之大雅小雅，以至於比興之義來談論詞的內容，認為詞原本的性質與功能與《詩經》相近，而「風之使來」則意同於張惠言所謂「變風之義」，故能感動人心。譚獻指出《詩經》之所以被視為顯著的文學，正是因為有著比興的手法；詩者言志，歌者永言，而詞則具備「詩言志」與「歌永言」兩方面的條件，是故所以能「會於風雅」。

而譚獻亦曾於其他的撰文當中，表達同樣的概念，文曰：

> 夫詞為詩餘，固不足為定論也。古者采詩入樂，八代之鏡
> 歌，三調即入樂之詩。唐五七言、古近體分，詞始萌芽。

〔註24〕《復堂日記》卷六，頁131。

〔註25〕譚獻撰：〈復堂詞錄敘〉，見譚獻《復堂類集》所收《復堂文》卷一，收錄於《叢書集成續編》（臺北：新文豐出版社，1989年），冊161，頁68。

〔註26〕譚獻撰：〈復堂詞錄敘〉，《叢書集成續編》本，冊161，頁68。

將以樂府之歸墟，溯濫觴於三百宋元名家。可以興觀，不
忘比興者，何敢以俳優蓄之？國朝文儒微言大義之學，推
極於文章之正變，於是乎倚聲樂府無小非大，雅鄭之音昭
昭然白黑分矣。〔註27〕

此段文字可以更明顯看出譚獻對於張惠言詞論概念的接收，如言詞
萌芽於唐代，則同於張惠言所謂「詞者，蓋出於唐之詩人」；張惠言
認為詞乃「採樂府之音以制新律」而成，然經過宋代詞人作詞數量
大幅增長之後，則成為譚獻所表述的「樂府之歸墟」，意指詞體在逐
漸脫離音樂之後成為一種單純的文學創作體制。又文中「可以興觀，
不忘比興者」，意同張惠言論詞近似「《詩》之比、興，變風之義，
騷人之歌」，脫離一般認為詞是「詩餘」一類小道技藝的刻板印象。
譚獻同時也指出「微言大義」是當時清代文儒治經的方式，同時也
能用以治文，而張惠言以「意內言外」解詞，又言詞出自於「緣情
造端，興於微言，以相感動」，譚獻則是認同詞作中應有其微言大義
之所在。在尊詞體的理念之下，使得詞體與詞意都能有著極高的標
準，是則譚獻言詞之正變、雅鄭、大小、白黑，自然能有明顯的區
分而使詞的本質不再被誤導混淆。

（二）比興寄託之啟發

張惠言於《詞選》序文中，雖僅言比興，但其「緣情造端，興於
微言，以相感動」的意旨卻已透露詞作可寄託寓意的功能；而周濟正
式提出「寄託」一說，將張惠言當時言而未盡的「比興」論述，作一
更具體完整的補充說明，同時周濟對於詞作的取材與抒發的取向也較
為廣泛，擺脫張惠言以政教之用為主要功能的侷限。

譚獻在日記中曾提及對於「比興」的看法，如：「常州派興，雖
不無皮傅，而比興漸盛。」〔註28〕或明言自己編選《篋中詞》的用意

〔註27〕譚獻撰：〈景華詞敘〉，《復堂文續》卷二，收錄於《清代詩文集彙編》
　　　　（上海：上海古籍出版社），冊721，頁209。
〔註28〕《復堂日記》卷三，頁72。

在於：「以比興爲本」〔註29〕，皆是在張惠言以比興論詞之本質的基礎上而發，以作詞筆法的角度來評論詞作。然而譚獻曾於檢閱《宋四家詞選》時，評論此書「選言尤雅，以比興爲本，庶幾大闢門庭。」〔註30〕除了認同周濟在張惠言比興論說上有所取源之外，更認爲此選「陳義甚高，勝於宛鄰《詞選》！」稱譽極高，又對於周濟的寄託說評論道：「以有寄託入，以無寄託出，千古辭章之能事盡，豈獨塡詞爲然！」〔註31〕

　　葉嘉瑩〈常州詞派比興寄託之說的新檢討〉一文中對於周濟「寄託」說在張惠言「比興說」論述上承繼與推衍的重要性提出：

> 第一，周氏對於寄託的内容，作了較張氏更爲具體的説明；
> 第二，周氏對於如何以寄託爲詞，指點了明白的途徑；第
> 三，周氏的由「有」而「無」，由「入」而「出」的不拘執
> 於「有」的説法，使作者與讀者之思想都又了更可以自由
> 活動的餘地；第四，周氏對於讀者之以一己聯想及心得來
> 解説詞意給予了理論的支持。〔註32〕

從此文中可見，周濟所提出的寄託一說雖從未直接提及「讀者」的主觀意識，然而卻相對於張惠言偏向以詞人作詞本意來解讀詞作的方法之外，開啓讀詞者另一種更爲開放的解讀詞作方式，即其所謂「隨其人之性情、學問、境地，莫不有由衷之言」的詞論觀點。

　　譚獻在繼張惠言比興說的基礎之後，又對於周濟的寄託說有所接收，更進一步產生「作者之用心未必然，而讀者之用心何必不然」此一論述〔註33〕，直接將詞作的解讀角度分成「作者」與「讀者」兩端，以客觀的方式劃分開來。而譚獻亦曾對於張惠言解析蘇軾〈卜算子〉（缺月挂疏桐）詞作内容時以爲皆有所風刺，皆意有所指的解

〔註29〕《復堂日記》卷六，頁 129。
〔註30〕《復堂日記》補錄卷二，頁 299。
〔註31〕《復堂日記》卷三，頁 65。
〔註32〕葉嘉瑩撰：《迦陵論詞叢稿》（臺北：明文書局，1981 年），頁 344～345。
〔註33〕譚獻撰：〈復堂詞錄敘〉，《叢書集成續編》本，冊 161，頁 68。

讀方式，以「作者未必然，讀者何必不然」此一論述爲張惠言的評論進行圓融的再次詮釋，即指作者與讀者在意念平行的狀態下，得到各自有所意會的解釋，並無是非對錯的判斷，對於當代人在解讀前代詞作時產生隔閡時提出了一種解決方式。

（三）正變觀點之小異

譚獻曾評論周濟之《詞辨》，更曾簡要地說明自己評論《詞辨》的起因以及見地，是言：

> 及門徐仲可中翰錄《詞辨》，索予評泊，以示榘範。予固心知周氏之意，而持論小異，大抵周是所謂變，意予所謂正也。而折衷柔厚則同，仲可比類而觀，思過半矣。〔註34〕

譚獻之門生徐珂亦曾提及其師「更取周濟《詞辨》，爲徐珂評泊之」〔註35〕此一往事，評泊即評論之意，其起因乃出自於徐珂請求，欲藉以此見示習詞的規範。然而從跋文中卻可以發現譚獻對於周濟正變觀中之「變」，提出認爲仍屬於「正」的不同意見。譚獻於《詞辨》卷二的頁首上留下如此評論：「周氏以此卷爲變，截斷眾流，解人不易索也。」認同周濟提出「變」此一論點，確實對於確立詞流淵源以及劃分詞作風格上有所貢獻；然於卷二評泊鹿虔扆〈臨江仙〉（金鎖重門荒苑靜）一詞時卻道：「哀悼感憤，終當存疑，當以入正集。」〔註36〕則是譚獻對周濟「持論小異」的表現之一。

〔註34〕譚獻撰：《詞辨·跋》，見《宋四家詞、詞辨附介存齋論詞雜著》（臺北：廣文書局，出版年不詳）此篇跋文附於潘曾瑋《周氏詞辨·序》與周濟《詞辨·序》後，此書之版本標註有「仁和譚復堂先生評」、「徐珂仲可、三多六橋、趙逢年伯鴬校刊」。《續修四庫全書》爲「光緒戊寅刊版」清光緒四年刻本影印本，其中《介存齋論詞雜著》先於《詞辨》兩卷前，且僅有潘曾瑋《周氏詞辨·序》與周濟《詞辨·序》兩篇序文，並未附有譚獻之跋文。筆者以爲按照周濟兩部詞選編選順序，以《續修四庫全書》的編排較爲適宜。然此處爲引用譚獻跋文與評泊資料，故以廣文書局之版本爲依據，特別加註說明。

〔註35〕徐珂：《近詞叢話》，見唐圭璋編：《詞話叢編》（北京：中華書局，2005年），冊5，頁4226。

〔註36〕見廣文書局版《詞辨》卷二，頁2～3。

另外，朱德慈先生於《常州詞派通論》書中論及譚獻對於周濟「持論小異」但卻又未能明確解釋的原因時，則可從周濟反將被張惠言視爲「雜流」的柳永列入「正聲」之列的行爲，提出如此見解：

> 《詞辨》既取法皋文，「辨說多主張氏之言」，卻又於皋文圈定的正變代表進退若此，抱怨若此（曰柳詞「爲世訾謷久矣」，其中顯然包括皋文），這大概就是譚獻既提醒「解人不易索」，而自己偏又不肯說破的原因吧。〔註37〕

雖是以周濟與張惠言選詞取向上的差異，來推測譚獻是從中發現自己何以能「知周氏之意」，但同時卻也能理解譚獻是在對於周濟正變觀基礎的接收中，再以「折衷柔厚」的方式來解讀詞作風格，認爲「變」中亦有「正」，提出自己不同的見地。然而周濟曾言其所謂之「變」乃爲「正聲之次」，而譚獻又言變即爲正，並將「憂憤感傷」之詞作以爲正聲，則可見譚獻在此一詞作風格的判斷上，仍是較爲接近張惠言《詞選》解讀詞作的方式。

二、擷取浙派詞論觀點

譚獻早期曾經習詞於浙西詞派，對於浙派的詞論觀點亦有所指發，也正因爲譚獻特殊的習詞經歷，使得譚獻在詞學方面的視野與角度更爲廣博、客觀，而論及譚獻在浙派詞論上的擷取，則主要表現於論詞之深澀與韻律。

（一）論詞之深澀

譚獻習詞歷經先效浙西詞派而後歸於常州詞派的轉變過程，而前期師法浙派的階段又以郭麐（1767～1831）爲習詞對象，譚獻曾言：

> 予初事倚聲，頗以頻伽名雋，樂於風詠，而微窺柔厚之旨，乃覺頻伽之薄，又以詞尚深澀，而頻伽滑矣。後來辨之。
> 〔註38〕

〔註37〕朱德慈著：《常州詞派通論》（北京：中華書局，2006年），頁72。

〔註38〕譚獻編：《篋中詞》，楊家駱主編：《歷代詩史長編》（臺北：鼎文書局，1971年），第二十一種，今集三，頁153。

從此段文字中可以知道，譚獻在初事填詞時因慕名郭麔之名聲而以作為效法的對象。「柔厚之旨」則可見於譚獻《篋中詞》選錄其友莊棫時所提及：「非徒齊名之標榜，同聲之唱，於亦比興柔厚之旨相贈處者二十年。」〔註39〕則是說明譚獻後期轉而師法常州詞派的原因。文中之「深澀」則應分為兩個部分來看，「澀」指文字詞句的隱晦，是為詞作形式，而「深」則指內容的幽微精妙，是為詞作的意涵。由於「柔厚」所以顯示出郭麔詞作內容的「淺薄」，而意旨淺薄，自然在作詞的用字琢句上也少了凝滯深蘊的感覺。

　　另外從譚獻對於其他詞人的評述，則可以知道譚獻對於深澀的解讀方式，如評馮煦：「得澀意。惟由澀筆，時有累句，能入而不能出。」〔註40〕或評吳懷珍：「傷於碎澀。」〔註41〕指兩人的詞作只有在文句形式上雕琢堆砌，卻缺乏真正深厚的意旨，是以顧此失彼。從此可知，譚獻對於詞作最為重視的便在於內涵與意境，而在對於浙派作詞於內容與形式上不能兼顧的理解之下，進而轉向常派，以張、周之比興寄託，發展柔厚之旨，以提升深化詞作之內容意旨。

（二）重視詞作韻律

　　蔡嵩雲《柯亭詞話》曾說：「常州派倡自張皋文、董晉卿、周介存等繼之，振北宋名家之緒，以立意為本，以叶律為末。」〔註42〕則是說明常州詞派對於詞作立意的講求，而協律、詞韻等格式體例在相對之下則較少進行深入的討論。故是而可見譚獻對於聲韻上的重視，在常派中屬於較為少見。

　　浙派在詞律方面的代表著作則有戈載《詞林正韻》，一書刊於道

〔註39〕譚獻編：《篋中詞》，《歷代詩史長編》本，第二十一種，今集五，頁327。

〔註40〕《復堂日記》卷四，頁89。

〔註41〕《復堂日記》卷七，頁179。

〔註42〕蔡嵩雲撰：《柯亭詞論》，見唐圭璋編：《詞話叢編》（北京：中華書局，2005年），冊5，頁4908。

光元年（1821），謝桃坊《中國詞學史》說道：

> 戈載生活於清代中期，其詞論主張及藝術淵源皆屬於浙西詞
> 派，而且他整理訂正詞韻的目的，也與朱彝尊和萬樹相同，
> 希望用以指導詞的創作，促使詞學的復興。他以為「韻學不
> 明，詞學亦因之而衰矣。」《詞林正韻》的問世，標志著清
> 代詞學家研究與總結詞體聲韻格律的最後完成。〔註43〕

戈載在以浙派的身分下進行詞韻的整理與訂定，將浙派的詞學範圍
擴展至詞作本身最為重要的詞律上，詞本為音樂文學，與音樂之間
有密不可分的關係，然而詞在逐漸脫離了音樂的性質之後，繼續維
持著詞體創作的規範則是為詞律。而相對於浙派詞學論及聲律的領
域，常派則偏重於詞作內容與精神上的創作指示。

　　在常派對於詞律較少探討的普遍現象中，譚獻留下許多與詞律
專書方面的相關紀錄，如譚獻曾校正《白香詞譜箋》與審定《詞律
拾遺》，更從詞韻與詞律以評定詞作，如評趙對澂《小羅浮閣詞》：
「韻雜律疏，未能多誦。」〔註44〕而譚獻對於戈載評道：「實為聲律
諍臣，不可就便安而偭越也。」〔註45〕又評許本立：「誠庵撰《詞律
拾遺》，搜采極博，審音矜慎，倚聲家功臣也。」〔註46〕由此可見譚
獻對於詞作聲律的注重以及對於整理詞律者的尊崇，是不以派別之
分來進行評價的。

　　譚獻的詞學理論主要架構於「柔厚」與「溫厚」，如評沈案登〈浣
溪紗〉（自在朱簾不上鉤）：「比興溫厚。」〔註47〕評厲鶚〈玉漏遲‧
永康病中夜雨感懷〉：「柔厚幽淼。」〔註48〕評薛時雨〈木蘭花慢〉
（問春風來處）：「溫厚得詩教。」〔註49〕評莊棫〈菩薩蠻〉（六銖衣

〔註43〕謝桃坊著：《中國詞學史》（成都：巴蜀書社，2002年），頁280。
〔註44〕《復堂日記》卷六，頁135。
〔註45〕《篋中詞》今集三，頁211。
〔註46〕《篋中詞》今集續二，頁476。
〔註47〕《篋中詞》今集二，頁105。
〔註48〕《篋中詞》今集二，頁118。
〔註49〕《篋中詞》今集四，頁264。

薄迷香霧）：「語語溫厚。」〔註50〕評陳澧〈甘州〉（漸斜陽澹澹下平堤）：「柔厚衷於詩教。」等，從這些評論中也能看出其溫厚、柔厚的精神根源乃來自於《禮記・經解》上所說：「溫柔敦厚，詩教也。」而譚獻也將其中溫厚、柔厚之說用以評論詩文，如日記中紀錄閱讀韓叔起《翠岩室詩鈔》：「雖於柔厚之旨有間，而孤迴沉摯，足以振式浮靡。」〔註51〕閱徐維城《天韻堂詩》：「溫厚得北宋法。」〔註52〕閱鄒叔績《學執齋遺書》：「頗疑其人恫瘝而堅，非必柔厚之君子。」〔註53〕

　　譚獻曾有一段敘述：「莊中白自泰州來，相見悲喜。至其寓小坐，出示近年所作詩。益柔厚，匆匆不能悉誦也。」〔註54〕從文中「益柔厚，匆匆不能悉誦」等文字推敲，所指即為詩作的內容意涵深厚，故不能在短時間之內詳盡諷誦。又如譚獻曾言「微窺柔厚之旨，乃覺頻伽之薄」，則是認為郭麐詞作的內容意涵深度不夠，是在與「厚」的對比之下，才顯示出其「薄」。

　　譚獻亦曾對於蔣敦復「以有厚入無間」與「以無厚入有間」等詞論批評：「劍人論詞宗旨曰：『以無厚入有間』，此如禪宗多一話頭，亦不必可信。」〔註55〕將其詞論比喻為禪宗話頭，則是說明既然目的是在於要求詞作內容的深厚，則直接以「厚」標明為作詞要旨，更不需以多餘的文字來混淆原本所要表達的主旨。所以由此可知，譚獻首要著重的便在於內容方面的渾厚與深化，而其思想則與常派重尊詞體、以比興寄託論詞的發展脈絡有著相當密切的關係；而譚獻之柔厚與溫厚，通用於詩詞文上，則是重視文體的本質內容。

〔註50〕《篋中詞》今集五，頁324。
〔註51〕《復堂日記》卷四，頁88。
〔註52〕《復堂日記》補錄卷二，頁283。
〔註53〕《復堂日記》卷四，頁96。
〔註54〕《復堂日記》補錄卷一，頁246。
〔註55〕《復堂日記》補錄卷二，頁331。

第四章　《篋中詞》編選分析

　　《篋中詞》是由譚獻所獨力編選而成的一部清代詞選集，此書有正集六卷和續集四卷。正集部分所選錄的範圍為從明末清初的吳偉業（1609～1671）、龔鼎孳（1615～1673）、李雯（1608～1647）等人，以至於馮煦（1844～1927）與徐燦（1618～1698）以下等十一位女性詞人為止，是為前五卷；正集第六卷則專門收錄譚獻個人的 92 首詞作。故包含譚獻及其詞作在內，《篋中詞》全書總計收錄清代 376 位詞人、1075 首詞作。〔註1〕

　　關於《篋中詞》的編選內容，譚獻在光緒四年（1878）所題的序文中說道：

> ……至於填詞，僕少學焉，得本輒尋其所師，好奇所未言，二十餘年而後寫定，就所睹記，題曰：「篋中」。其事為大雅所笑，其旨與凡人或殊。容若、竹垞而後且數變矣，論具卷中，不覶縷也。〔註2〕

〔註1〕 由於多數專文提及《篋中詞》收錄詞人詞作的總計數量時，多以「三百多位」、「千餘首」等較為籠統的數字敘述，又或有各種不同的總數說法，多有出入，莫衷一是。故為瞭解《篋中詞》的實際收錄狀況，筆者亦進行逐條計算，最後所計得的詞人詞作數量為 376 位詞人（包含譚獻在內）、1075 首詞作（包含譚獻 92 首詞作），詳細內容將於本章第四節中進行說明。

〔註2〕 譚獻撰：《篋中詞·序》，楊家駱主編：《歷代詩史長編》（臺北：鼎文書局，1971 年），第二十一種，頁 13。

從年少學習填詞時對於詞人師法的對象以及詞作的言外之意進行探索，正如譚獻曾在《復堂詞錄》序文中自言讀詞「喜尋其惝於人事，論作者之世，思作者之人」〔註3〕的方式，歷經二十餘年，以此所奠定的基礎來編選《篋中詞》一書，欲將從納蘭性德與朱彝尊之後的清詞流變情形，呈現在此書當中。

譚獻以隨選隨評的方式抄錄與評述《篋中詞》所選錄之詞人詞作，而在光緒八年（1882）《篋中詞》初次刊印以後，譚獻仍然不斷地在進行著補錄的工作，故《篋中詞》中可見多處詞人重見於別卷，又選錄其他首不同詞作的現象，其中所抄錄的詞作也有出自不同版本來源的情形。因此，本章將對於《篋中詞》的編選目的、歷程、體例以及內容分別進行探討分析，並從譚獻在《篋中詞》裡的評詞論述來把梳譚獻在清詞發展流變上的見解與觀點，以及對後人的影響。

第一節　編選目的

根據《復堂日記》中與《篋中詞》相關的文字紀錄顯示，譚獻於同治五年（1866）時，即已開始進行編選《篋中詞》的準備作業，是言：「選次《瑤華集》，爲予《篋中詞》始事。」〔註4〕《瑤華集》是由蔣景祁（1646～1695）所編選而成的一部大型清初詞選集，共二十二卷，主要以順治至康熙中葉年間的詞人詞作爲採錄對象，共計收錄507位詞人、2459首詞作。由於蔣景祁身爲陽羨詞派之後學，故《瑤華集》選錄陳維崧（1625～1682）的詞作便多達一百四十八首，是爲全書之冠，並以陽羨詞派的詞人詞作數量佔全書最高比例，是故《瑤

〔註3〕譚獻撰：〈復堂詞錄敍〉，見《復堂類集》所收《復堂文》之卷一，收錄於《清代詩文集彙編》編纂委員會編：《清代詩文集彙編》（上海：上海古籍出版社，2012年），冊721，頁10。

〔註4〕譚獻著；范旭侖、牟曉朋整理：《復堂日記》（石家莊：河北教育出版社，2000年），卷二，頁35。本章所引用《復堂日記》中之文字資料，皆以此一版本爲據，後續之引文出註則僅列卷數與頁數。

華集》可視爲陽羨詞派的代表性詞選集，而集中所呈現的清初詞風與蔣景祁「選詞存史」的用意也相當地明顯。〔註5〕

　　譚獻曾言：「戴園獨居，誦本朝人詞，悄然於錢葆馚、沈遹聲，以爲猶有〈黍離〉之傷也。蔣京少選《瑤華集》，兼及雲間三子。」〔註6〕《瑤華集》主要收選明清之際詞人描寫國家今昔盛衰或易代遺民感觸的詞作，據實呈現清初詞人以作詞反映時代背景的詞作風格。譚獻藉由選次《瑤華集》，不僅用以作爲編選《篋中詞》的錄詞來源版本之一，同樣也以明末清初之詞人詞作爲選詞的開端，選至與自己同時期之詞人詞作，是在《瑤華集》編選的時代範圍與概念之上，將清初以至於嘉道時期的清詞流變情形呈現於《篋中詞》中。

　　同治六年（1867），譚獻對於《篋中詞》的內容則有著更具體的概念，是言：「上自飲水，下至水雲，中間陳、朱、厲、郭、皋文、翰風、枚庵、稚圭、蓮生諸家，千金一冶，殊呻共吟。以表塡詞正變，無取刻畫二窗、皮傅姜張也。」〔註7〕以納蘭性德（1655～1685）和蔣春霖（1818～1868）爲選取的終始範圍，其間再以陳維崧、朱彝尊（1629～1709）、厲鶚（1692～1752）、郭麐（1767～1831）、張惠言（1761～1802）、張琦（1764～1833）、吳翌鳳（1742～1819）、周之琦（1782～1862）、項鴻祚（1798～1835）等諸家詞人，彰顯清詞之正變。雖然《篋中詞》對於各詞派詞人的作品都有所選錄，但其中刻意屏除「刻畫二窗、皮傅姜張」之作，則是針對浙派末流作詞刻意模擬吳文英（1212～1272）、周密（1232～1298）、姜夔（1155～1209）與張炎（1248～1320）而流於僵化的衰蔽現象所發。

　　光緒二年（1876），譚獻在閱讀由王昶（1724～1806）續仿朱彝尊《詞綜》體例所編成的《國朝詞綜》時指出：「王侍郎去取之

〔註5〕　參見拙作：〈蔣景祁選詞存史的表現及《瑤華集》被禁燬之因初探〉，
　　　　　發表於《有鳳初鳴年刊》2009 年 10 月，第 5 期，頁 279～291。
〔註6〕　《復堂日記》卷二，頁 54。
〔註7〕　《復堂日記》卷二，頁 37。

旨本之朱錫鬯，而鮮妍修飾，徒拾南渡之瀋。」〔註 8〕王昶在朱彝
尊以「詞至南宋始極其工」〔註 9〕編選《詞綜》的意旨之下，編選
清詞選集《國朝詞綜》以作為追宗浙派，取法南宋的繼承表現。然
而譚獻卻認為王氏此選只是在形式上取法，未能窺見朱彝尊所謂南
宋詞精深微妙之處。是在看出王氏選詞上的用意和侷限時，譚獻也
以此奠立「予欲撰《篋中詞》，以衍張茗柯、周介存之學」〔註 10〕
的明確意旨。

在譚獻有意識地以編選《篋中詞》作為衍展發揚常派張、周詞
學理論的具體表現時，對於所選錄的詞作也自然有著一定的取向與
標準，如光緒八年（1882），譚獻於二月初三的日記中寫道：「檢閱
止庵《宋四家詞選》，皆取之竹垞《詞綜》，出其外僅二三篇。僕所
由欲刪定《篋中詞》，廣朱氏所未備。選言尤雅，以比興為本，庶幾
大闢門庭。」〔註 11〕也曾言：「予欲訂《篋中詞》全本，今年當首定
之。選言尤雅，以比興為本，庶幾大廓門庭，高其牆宇。」〔註 12〕

由於常派張惠言、周濟所編選之《詞選》、《詞辨》與《宋四家
詞選》三部詞選集，皆是以唐宋兩代詞人為主要選錄範圍，而譚獻
有感相對於朱彝尊《詞綜》之後又有王昶《國朝詞綜補》選錄清代
詞人詞作繼以延續浙派之詞論體系，常派則尚未有同樣以當代詞人
為選錄對象的具體表現，因而促使譚獻以「雅」與「比興」兩大常
派論詞之要旨作為編選《篋中詞》的最高準則，同時也期望能藉由
此一選集延續常派之詞論體系，開拓常派之習詞門徑，使發展至中
晚期時的常派詞學架構脈絡能更加完備周詳。

〔註 8〕 《復堂日記》卷三，頁 72。
〔註 9〕 朱彝尊編：《詞綜》，收錄於《景印文淵閣四庫全書》（臺北：臺灣商
　　　　務印書館，1983 年），冊 1493，頁 431。
〔註 10〕 《復堂日記》卷三，頁 72。
〔註 11〕 《復堂日記》補錄卷二，頁 299。
〔註 12〕 《復堂日記》卷六，頁 129。

第二節 編選次序

光緒三年（1877）八月廿三日，譚獻曾於日記中記載：「飯後錄《篋中詞補》，將竟之業不欲輒耳。」〔註13〕光緒五年（1879）記載：「《篋中詞》五卷前年錄成，復補數家。」〔註14〕可見《篋中詞》在光緒三年時已大致定成五卷，同時並進行著五卷內的補錄工作。又光緒八年時（1882）譚獻曾言：「予欲訂《篋中詞》全本，今年當首定之。」〔註15〕並請馮煦爲《篋中詞》校字與撰寫序文，同年交付刊刻。

根據馮煦在序文中的敘述：「仲修有《篋中詞》。今集之選，始自國初，迄於並世作者，而以所爲《復堂詞》一卷附焉。……續有所得，則仿補人補詞之例。」〔註16〕可知此時付刻的《篋中詞》內容有選錄清人詞作的今集五卷之外，亦有譚獻自選詞作所另成的第六卷。另外，又根據光緒十年（1884）譚獻在日記中的一處紀錄：

> 趙對澂野航《小羅浮閣詞》功力頗深，心思婉密，亦嘗染指蘇、辛，不徒柔膩。惟以兼治散曲，聲味不無闌入；韻雜律疏，未能多誦。錄七首入《篋中詞》，亦云識曲聽眞矣。
> 〔註17〕

按照文中敘述，進一步對照趙對澂（1789～1860）七首詞作在《篋中詞》的收錄情形，則在續集第一卷中，而馮煦在序文裡即透露有「補人補詞之例」，故由此推測，《篋中詞》在光緒八年（1882）所交付刊刻的內容，應含有正集六卷，以及續集第一卷中尚未編選完成的部分內容。

光緒十一年（1885）十月初十，譚獻記曰：「金陵湯明林刻字人來，《篋中詞》印本寄至。」〔註18〕雖然印本已成，但譚獻仍對於《篋中

〔註13〕《復堂日記》補錄卷二，頁 277。
〔註14〕《復堂日記》卷四，頁 86。
〔註15〕《復堂日記》卷六，頁 129。
〔註16〕馮煦撰：《篋中詞·序》，楊家駱主編：《歷代詩史長編》（臺北：鼎文書局，1971 年），第二十一種，頁 11。
〔註17〕《復堂日記》卷六，頁 135。
〔註18〕《復堂日記》補錄卷二，頁 307。

詞》的內容抱持著嚴謹求備的態度，如光緒十二年（1886）三月十八日，譚獻於赴奉宿松縣令的途中，曾經寫道：「舟次誦《篋中詞》，終嫌太繁。數十年內當必有刪定者。」〔註19〕而譚獻不僅欲對於《篋中詞》初印版本的內容進行刪定，並且也持續進行著後續補錄的動作。

　　光緒十三年（1887）五月朔日，日記記載：「錄丁杏舲《詞綜補》。」〔註20〕而對照《篋中詞》續集第二卷中所錄邵瓛（生卒年不詳）姓名處下有：「以下丁氏《詞綜補》摘錄」〔註21〕字句；又續集第三卷開頭潘曾綬（1810～1883）姓名處下有：「以下丁氏《詞綜補》續錄」〔註22〕字句，直至鄧濂（1855～1899）所收詞作之後又有：「前卷刻成，祥符周季貺以丁氏詞編已刻之四十一卷至十八卷，又未刻寫本十八卷屬校，復采獲二十餘調如右。」〔註23〕等說明字句。由此可見，譚獻在校對丁紹儀（1815～1884）《國朝詞綜補》的同時，亦根據丁氏所選採錄潘曾綬至鄧濂的二十二首詞作於《篋中詞》中，故光緒十三年時《篋中詞》已進行至續集第二卷與第三卷的部分。

　　光緒十五年（1889）三月初十，日記記言：「蒙叔寄示孔廣淵蓮伯《兩部鼓吹軒詩餘》，屬入《篋中》之選。」〔註24〕對照《篋中詞》所錄孔廣淵（生卒年不詳）詞作之處，則在續集第三卷中；光緒十七年（1891），況周頤（1859～1926）借譚獻詞集，譚獻在日記記載：「秀水女士錢餐霞《雨花盦詩餘》，予借觀，洗鍊婉約，得宋人流別……又示予蘇汝謙虛谷《雪波詞》寫本……予采擷入《篋中詞續》。」〔註25〕

〔註19〕《復堂日記》補錄卷二，頁 311～312。
〔註20〕《復堂日記》補錄卷二，頁 319。
〔註21〕譚獻編：《篋中詞》，楊家駱主編：《歷代詩史長編》（臺北：鼎文書局，1971 年），第二十一種，今集續二，頁 483。本文所引用《篋中詞》內之文字資料，皆以此版本為據，後出註腳則僅標注卷數與頁數。
〔註22〕《篋中詞》今集續三，頁 499。
〔註23〕《篋中詞》今集續三，頁 510。
〔註24〕《復堂日記》補錄卷二，頁 334。
〔註25〕《復堂日記》卷八，頁 204。

以及光緒十八年（1892）十月五日：「審定亡友沈子佩昌宇《泥雪詞》，錄存九十首，選二首入《篋中詞》。」〔註26〕而蘇汝謙（1817～？）、錢餐霞（1809～？）與沈子佩（生卒年不詳）三人詞作，皆收錄在《篋中詞》的續集第四卷中。直至光緒十九年（1893）四月望日：「星海來，還《復堂詞錄》寫本二冊、《篋中詞續》卷四稿本一冊。」〔註27〕則可確定《篋中詞》的四卷續集，在此年已大致收選完成。

　　而日記中最後與《篋中詞》的相關紀錄，則出現在光緒二十四年（1898）九月廿九日，是言：「《篋中詞》未見之王西御《秋蓮子詞》，今甫寄舊本至。婉約有深韻，當續采。」〔註28〕然而《篋中詞》實際上並未收錄王僧保（生卒年不詳）的任何詞作，是故可以推測譚獻在此年仍有繼續增補《篋中詞》的念頭，但實際上包含正集六卷與續集四卷的《篋中詞》，應在此年以前便已定型，爲現今所見《篋中詞》的具體內容。其續補抄錄次序，筆者試以下列簡表呈現：

時　　間	《復堂日記》相關紀錄	《篋中詞》對照情形
光緒四年（1878）		譚獻撰《篋中詞》敘文。
光緒五年（1879）	「《篋中詞》五卷前年錄成，復補數家。」	
光緒八年（1882）	「予欲訂《篋中詞》全本，今年當首定之。」	馮煦撰《篋中詞》序文。《篋中詞》交付刊刻（正集六卷、今集續部分內容）。
光緒十年（1884）	「趙對澂野航《小羅浮閣詞》功力頗深，心思婉密，亦嘗染指蘇、辛，不徒柔膩。惟以兼治散曲，聲味不無闌入；韻雜律疏，未能多誦。錄七首入《篋中詞》，亦云識曲聽眞矣。」	今集續收錄趙對澂《小羅浮館詞》7首詞作：〈點絳脣・春草和林和靖〉、〈乳燕飛〉、〈鳳凰臺上憶吹簫・再和《漱玉詞》〉、〈虞美人・懷友人塞外〉、〈風流子・懷李小藕皖城〉、〈蝶戀花・鷗鴣〉、〈酹江月・秋夜憶許知白、楊楚颿〉。

〔註26〕《復堂日記》續錄，頁362。
〔註27〕《復堂日記》續錄，頁368。
〔註28〕《復堂日記》續錄，頁400。

光緒十三年（1887）	「錄丁杏舲《詞綜補》。」	今集續二收錄邵璸詞作1首，有「以下丁氏《詞綜補》摘錄」字樣，下錄鄭方坤以至姚輝第19位詞人22首詞作。 今集續三卷首收錄潘曾綬詞作1首，有「以下丁氏《詞綜》補續錄」字樣，下錄徐一鶚以至鄧濂15位詞人21首詞作。
光緒十五年（1889）	「蒙叔寄示孔廣淵蓮伯《兩部鼓吹軒詩餘》，屬入《篋中》之選。」	今集續三收錄孔廣淵《兩部鼓吹軒詩餘》2首詞作：〈百字令・重過袁江有感〉、〈摸魚兒・城隅晚眺〉。
光緒十七年（1891）	「秀水女士錢餐霞《雨花盦詩餘》，予借觀，洗鍊婉約，得宋人流別……又示予蘇汝謙盧谷《雪波詞》寫本……予采擷入《篋中詞續》。」	今集續四收錄蘇汝謙《雪波詞》4首詞作：〈好事近・正月十四夜雨〉、〈摸魚兒・歸故山〉、〈南浦・用山中白雲譜題汪東舫〈江南春圖〉〉、〈醉蓬萊・春柳回新樂後作〉。同卷錄錢斐仲《雨花盦詩餘》3首詞作：〈虞美人〉、〈高陽臺・戊申清明〉、〈鷓鴣天〉。
光緒十八年（1892）	「審定亡友沈子佩昌宇《泥雪詞》，錄存九十首，選二首入《篋中詞》。」	今集續四收錄沈昌宇《泥雪詞》2首詞作：〈六州歌頭・新柳〉、〈蝶戀花・虞溝道中〉
光緒十九年（1893）	「星海來，還《復堂詞錄》寫本二冊、《篋中詞續》卷四稿本一冊。」	
光緒二十四年（1898）	「《篋中詞》未見之王西御《秋蓮子詞》，今甫寄舊本至。婉約有深韻，當續采。」	未收錄。

　　譚獻編選《篋中詞》一書，自同治五年（1866）以至於光緒二十四年（1898）左右的三十餘年間，從始事準備、采選抄錄、審訂銓次、交付刊刻、續選補錄以至於完成，歷程漫長，且皆由譚獻一人所獨力進行編選而成，甚至是在《篋中詞》交付刊刻之後，仍不斷地從其他詞選集與詞作別集中抄錄續選詞人詞作，其求備之用心卓然可見。譚獻在日記中留下多處閱讀與抄錄詞人詞作的紀錄，可與《篋中詞》的收錄情形相互對照，以作爲譚獻編選《篋中詞》次序歷程之依據。

第三節　編選體例

在馮煦《篋中詞・序》文中，已言《篋中詞》選錄的詞人詞作範圍爲：「始自國初，迄於並世作者」，又說明譚獻將自己的詞作附錄於正集之後，是仿效《樂府雅詞》、《陽春白雪》與《絕妙好詞》等宋代編選詞選者的作法，皆爲對於《篋中詞》一書編選方式的大略說明。本節則進一步針對譚獻選錄詞人詞作統一使用的標註體例方式，以及《篋中詞》裡出現不符合體例規範的現象進行敘述。

一、編排與選錄詞作方式

光緒十一年（1885），譚獻於日記中記言：「金陵湯明林刻字人來，《篋中詞》印本寄至。」〔註29〕由金陵湯明林聚珍書局所刊刻的《篋中詞》活字排印本，板式爲每半葉十行，每行二十四字。而在卷數部分，正集六卷分別依序名爲「今集一」、「今集二」、「今集三」、「今集四」、「今集五」和「類集五」；續集四卷則爲「今集續」、「今集續二」、「今集續三」和「今集續四」。每卷前皆有「仁和譚獻纂錄」字樣，而只有正集前五卷末有「金壇馮煦參校」字樣，可知確實爲光緒八年（1882）進行刊刻的卷數範圍。

《篋中詞》雖未編有目錄，又有續補情形，然馮煦於序文中對於《篋中詞》一書的體例已有大致上的說明：

> ……其題詞名者從別集，僅題名者從諸家選本，第就篋中所存，甄采百一，布之四方，以爲嚆引。續有所得，則仿補人補詞之例。又宋曾慥《樂府雅詞》、趙聞禮《陽春白雪》、周密《絕妙好詞》，皆以己作與諸家併列，仲修猶前志也。刻際竟，爰述其緣起如此。〔註30〕

《篋中詞》的錄詞順序以詞人姓名爲首，次爲詞牌名和詞作內容。在此段序文敘述中可以知道譚獻的兩種選錄方式：一爲於詞人姓名

〔註29〕《復堂日記》補錄卷二，頁307。
〔註30〕馮煦撰：《篋中詞・序》，頁11。

底下另題其字號以及詞集名稱，如「王士正貽上衍波詞」〔註31〕、「性德容若飲水詞」〔註32〕等，則可知此處所錄之詞作乃由詞人的別集所抄錄而來；而「僅題名者」，即指僅錄詞人之姓名，則可知此處所錄之詞作是從其他詞選集中所抄錄而來。另外，在續集卷的部分，譚獻亦會特別標示選錄詞作所採用的詞選集名稱，如續集第二卷中於邵璸名字底下有「以下丁氏《詞綜補》摘錄」〔註33〕、第三卷於田林的名字底下有「以下孫氏《絕妙近詞》選錄」〔註34〕，則是馮煦當時所未能見，譚獻所另外標註的第三種選錄方式。

在馮煦序文中所謂「續有所得，則仿補人補詞之例」，則爲四卷續集中的補錄體例。則可知譚獻若於《篋中詞》重覆選錄同一詞人時，則在姓名行下標注「補」、「已見」或「再見」三種字樣之一。在《篋中詞》續集四卷當中，「補」有十八例、「已見」有十三例、「再見」僅有兩例。然而實際查閱《篋中詞》，則可發現有許多續補詞人並未標注上補錄字樣，並且多達十六例，可視爲《篋中詞》體例上的一項疏失。

二、詞人與詞作重出特例

《篋中詞》不僅有標註疏漏之處，其中又有詞人重覆出現三次以及詞作重出的特殊例子各一。詞人重出的現象爲吳廷鈐（生卒年不詳），譚獻選錄其詞作的狀況爲「今集三」一首、「今集續二」兩首與「今集續三」一首，而續集第二卷與續集第三卷兩處皆標注「已見」字樣，同一詞人選錄三次，是《篋中詞》全書中唯一出現的特別狀況。

另外，譚獻選錄劉勳（生卒年不詳）詞作，分別在「今集續」

〔註31〕《篋中詞》今集一，頁 30。案王士正即爲王士禛（1634～1711），爲避雍正「胤禛」諱而改「士正」，然譚獻當時已無需避此名諱，故可見所採錄之別集版本時代甚早。

〔註32〕《篋中詞》今集一，頁 50。

〔註33〕《篋中詞》今集續二，頁 483。

〔註34〕《篋中詞》今集續三，頁 510。

與「今集續三」各收錄一首，譚獻雖標注「已見」字樣以表明為續
錄之詞作，然而兩處所收錄之詞作疑為同闋詞作。兩首詞作內容對
照如下：

〈水龍吟・塵〉

　　簾前幾陣狂風，登樓一望迷南北。濛濛驟起，紛紛自擾，
　　斜陽欲黑。舞榭鐙昏，妝臺釵冷，模糊春色。嘆遮來難覓，
　　埽來仍聚，染雙鬢，誰人識。　　　無賴青青垂柳，又愁痕、
　　雨邊暗織。半黏去馬，半隨流水，銷魂行客。十斛量愁，
　　千重疑夢，青衫淚濕。好拂衣歸去，低佪明鏡，把朱顏惜。

〔註35〕

〈水龍吟・塵〉

　　簾前昨夜西風，登樓一望迷南北。濛濛乍起，紛紛自隊，
　　斜陽欲黑。舞榭鐙昏，妝臺釵冷，模黏春色。嘆埽來重至，
　　遮來難覓，染雙鬢，無人識。　　　無賴青青垂柳，又愁痕、
　　雨邊暗織。半黏去馬，半隨流水，銷魂行客。十斛是愁，
　　萬重疑夢，青衫淚濕。好拂衣歸去，低回明鏡，把朱顏惜。

〔註36〕

兩首詞作除了在字句上的形近、前後互換之外，從其詞牌與詞題可判
斷確實為同一首詞作。然而按照《篋中詞》的補錄體例，在劉勳的姓
名底下並沒有另外標註字號或詞集名稱，故可知兩首詞作乃為譚獻分
別從不同的詞選集中抄錄，因而導致的重出現象。前闋〈水龍吟〉詞
末有譚獻評述，其中提到：「予在閩所識如劉贊軒、謝枚如輩，皆作
手也。社集有《聚紅榭詩詞》之刻，篋中佚去，從丁氏《聽秋聲館詞
話》補錄一二，當更訪之。」〔註37〕劉贊軒即指劉勳，為閩中詞派成
員之一，根據文中敘述可知譚獻是由丁紹儀《聽秋聲館詞話》中所抄
錄而來。

〔註35〕《篋中詞》今集續，頁406。
〔註36〕《篋中詞》今集續三，頁523。
〔註37〕《篋中詞》今集續，頁406。

　　沙先一〈選本批評與詞史建構——以譚獻《篋中詞》爲例〉一文，即以《篋中詞》的詞作選源版本爲研究主題。按沙先一之考據，前首〈水龍吟〉亦根據譚獻於《篋中詞》之評述，判定詞作採錄自《聽秋聲館詞話》，而後首〈水龍吟〉則尚待考證。〔註38〕而筆者進一步找尋相關文獻紀錄，發現除了《聽秋聲館詞話》之外〔註39〕，謝章鋌（1820～1903）《賭棋山莊詞話》中也收錄此闋詞作，並於詞作後有言：「無錫丁杏舲紹儀采入《聽秋聲館詞話》，疑爲慨時之作。其時粵匪披猖，閩中大警，軒非無憂憤之篇，而此詞則實因朝雲在殯，柳枝不來，感逝傷離，所遭輒不如意而作，無關時事也。」〔註40〕

　　由此脈絡推知，《篋中詞》所選前闋〈水龍吟〉與張氏《賭棋山莊詞話》和丁氏《聽秋聲館詞話》所收之字句皆相符，顯然可見是爲同一版本的抄傳。又後闋〈水龍吟〉則因尚未搜尋到任何相關的文獻紀錄，故暫不於本文繼續探索，留待他文考據驗證。而從此一詞作重

〔註38〕參見沙先一、張暉著：《清詞的傳承與開拓》第七章〈選本批評與詞史建構——以譚獻《篋中詞》爲例〉所附「《篋中詞》選源一覽表」，頁183、201。

〔註39〕丁紹儀撰：《聽秋聲館詞話》卷十六，收錄於《續修四庫全書》（上海：上海古籍出版社，2002年），冊1734，頁178。書中記載：「劉字贊軒，著有《效顰詞》。同治四年閩省補行鄉試獲雋。其詠塵〈水龍吟〉，似有慨於時事而作詞，云『簾前幾陣狂風，登樓一望迷南北。濛濛驟起，紛紛自擾，斜陽欲黑。舞榭鐙昏，妝臺釵冷，模糊春色。嘆遮來難覓，埽來仍聚，染雙鬢，誰人識。　　無賴青青垂柳，又愁痕、兩邊暗織。半黏去馬，半隨流水，銷魂行客。十斛量愁，千重疑夢，青衫淚濕。好拂衣歸去，低個明鏡，把朱顏惜。』」

〔註40〕謝章鋌撰：《賭棋山莊詞話》續編一，收錄於《續修四庫全書》（上海：上海古籍出版社，2002年），冊1735，頁140。書中記載：「昔吾友劉贊軒勸曾作詠塵詞，云『簾前幾陣狂風，登樓一望迷南北。濛濛驟起，紛紛自擾，斜陽欲黑。舞榭鐙昏，妝臺釵冷，模糊春色。嘆遮來難覓，埽來仍聚，染雙鬢，誰人識。　　無賴青青垂柳，又愁痕、兩邊暗織。半黏去馬，半隨流水，銷魂行客。十斛量愁，千重疑夢，青衫淚濕。好拂衣歸去，低個明鏡，把朱顏惜。〈水龍吟〉』無錫丁杏舲紹儀采入《聽秋聲館詞話》……無關時事也。」

出之特例可知，《篋中詞》抄錄同闋詞作的不同版本時，對於詞作仍有著保存與紀錄的作用。

　　譚獻編選《篋中詞》採取隨選隨評的方式，其評論文字附於詞作末。雖然並非每首詞作都附有評語，但全書評詞則數共計有六百一十九則。其評語少則二至四字，多則數句成一小篇幅，評述詞作的筆法風格之外，亦對於詞人在詞史流變中的地位和影響有所論述。而由上述所舉劉勳詞作重出之特例可知，譚獻的評述不僅對於詞作的版本來源以及收錄緣由留下珍貴的線索，也同時呈現譚獻的清詞史觀，故《篋中詞》可視爲譚獻清詞史觀的實踐，同時也成爲徐珂編選《復堂詞話》時摘錄譚獻詞學論述的主要來源之一。

第四節　編選內容

　　《篋中詞》既爲詞選集性質，選錄體例可知其編選形式，而欲了解《篋中詞》在同代詞選集中的價值與特色，則可從其版本來源、選錄數量與選詞取向三方面編選內容進行分析探討：

一、版本來源

　　沙先一在〈選本批評與詞史建構──以譚獻《篋中詞》爲例〉中，進一步提出選本來源可以分成「固定選源」以及「流動選源」兩種類型，所謂的「固定選源」即指已經進行刊刻或者編輯的文本文獻，例如詞作別集或詞選集；「流動選源」則是指「選家從各種中介而得到的詞稿。」而《篋中詞》就「固定選源」中詞選集的部分，就包含蔣景祁《瑤華集》、蔣重光《昭代詞選》、王昶《國朝詞綜》、黃燮清《國朝詞綜續編》、丁紹儀《國朝詞綜補》等等。〔註41〕

　　其中譚獻對於丁紹儀《國朝詞綜補》的評論甚多，甚至常與黃燮

〔註41〕關於《篋中詞》在「固定選源」及「流動選源」上的使用情形，參見沙先一〈選本批評與詞史建構──以譚獻《篋中詞》爲例〉文中第三節「《篋中詞》選源問題考論」部分，頁136～145。

清《國朝詞綜續編》相互比較、進行批評。在《篋中詞》續集第二卷末選錄姚輝第（生卒年不詳）詞後記曰：

> 三十年前客閩，與無錫丁君杏舲相識，君方纂《詞綜補編》，予告以黃霽青觀察屬草已有成書，韻珊大令益之搜討，東南兵事方亟，殆不可知其成毀矣。丁氏采緝之旨，前人已錄者，閒爲補詞，而補人尤多。亂定以來，鉛槧日出，黃氏《續詞綜》刻於漢上，丁君書刻於吳中，四十卷中著錄千餘人，予掇篋中未備者，別裁續錄如右。惨綠少年，晚餘白首，雲愁海總，結息未忘，掩卷慨然。〔註42〕

譚獻憶及咸豐八年（1858）至同治四年（1865）客閩七載時，期間與丁紹儀結識，並得知丁紹儀正進行《國朝詞綜補》一書的編選。而當時已有黃霽青（1777～1848）的《詞綜續編》，且黃韻珊又繼而廣之爲《國朝詞綜續編》。而在譚獻的日記當中，可見多處針對這些詞選集的編選脈絡以及內容方面的文字紀錄。如同治二年（1863）：

> 閱無錫丁紹儀杏舲《國朝詞綜補》稿本。揚王昶侍郎之波。集中羣行錯落，聞見淺陋。予所見近人詞多丁所未見。《詞綜續編》，嘉善黃霽青已成數十卷，海鹽黃韻珊繼之，有成書矣。〔註43〕

> （七月初十）閱無錫丁紹儀所爲《國朝詞綜補》。《詞綜》補輯，嘉善黃霽青已成數十卷，海鹽黃韻珊繼之。大都黃茅白葦，鬥靡誇多。第二黃尚能自運成章，於此事小有窺見，尚不至如丁之陋。〔註44〕

從王昶《國朝詞綜》、黃霽青《詞綜續編》、黃韻珊《國朝詞綜續編》，以至於丁紹儀《國朝詞綜補》，皆明顯屬於浙派體系的詞選集，然而譚獻形容這些詞選集的選取內容爲「黃茅白葦，鬥靡誇多」，只是在收取數量上競逐繁多，然多有重複，實質上大同小異。而其中譚獻對於《國朝詞綜補》又更深入地進行批判，如光緒十三年（1887）五月

〔註42〕《篋中詞》今集續二，頁498。
〔註43〕《復堂日記》卷一，頁5。
〔註44〕《復堂日記》補錄卷一，頁215。

朔日之日記記載：

> 過邊竹潭，借丁杏舲選《詞綜補》四十卷歸閱。丁氏意在
> 備人，補王氏《詞綜》、黃氏《續詞綜》所未及，故佳篇不
> 多覯也。〔註45〕

又光緒十四年（1888）十月廿八日：

> 校丁氏《詞綜補》已刻十八卷、未刻十八卷，粗粗閱竟。
> 合前見之四十卷，蓋全書七十六卷。意在博采，去取無義
> 例，而舛迕覆重尤多。頗以爲惡札，但記名姓而已。〔註46〕
>
> （十一月初三日）復校《詞綜補》。其例凡王氏、黃氏已
> 選之人注「補詞」句，乃多漏注，又所補即原選，覆重無
> 謂。中有字句異同，不知孰爲善本。至五十八卷以後，未
> 刻之十八卷則未全注，而與黃選重出尤夥。殆難一一厘正
> 矣。〔註47〕

丁氏詞選意在補錄已選之詞人詞作，譚獻在編選《篋中詞》時也多從此選集中續抄補錄詞作。然在文中「佳篇不多覯」、「頗以爲惡札」等文句，則可見譚獻對於丁氏詞選的選錄體例不一致、錄詞多有重覆、補詞標注漏註等等缺失表達不滿。由此可知，譚獻不僅只是將《國朝詞綜補》作爲選詞的版本來源，更對於其內容抱著極爲嚴謹審慎的態度，並引爲自己編選《篋中詞》之借鏡。

　　根據筆者統計，《篋中詞》中所使用的詞人詞作別集約有 164 種，不僅代表譚獻蒐羅的詞作版本廣泛，同時亦可視爲譚獻當時詞集與詞作流傳情形的文獻紀錄。此外，雖然《篋中詞》的選詞來源出自於「流動選源」的部分與「固定選源」部分相較之下，所佔比例與分量確實較少，但其中部份藉由各種方式而得以聞見抄錄的詞作版本，其來源也較爲罕見，例如《篋中詞》中選錄江沅（1767～1837）之詞作，有言：「《子蘭詞》滬上肆間未收，得其手書小篆，三詞以二篇入錄。」

〔註45〕《復堂日記》補錄卷二，頁 319。
〔註46〕《復堂日記》補錄卷二，頁 332。
〔註47〕《復堂日記》補錄卷二，頁 332。

〔註 48〕選吳承勳〈探芳信・湖上春遊，繼草窗韻〉一詞，言：「手書小箋署『子述字』，予於故書中收得之。愛其清綺，錄之。」〔註 49〕補錄陳澧（1810～1882）詞作時，則言：「梁節廣爲東塾入室弟子，手錄先生遺詞見示，補列卷中。」〔註 50〕文中所言手書、手錄之詞作手稿，不僅使《篋中詞》的選詞內容具有珍貴的參考性，同時《篋中詞》也對這些詞作提供得以永續留存的紀錄方式。

二、選錄數量

目前對於《篋中詞》收錄詞人詞作的總計數量有著多種不同的說法與結果。蕭新玉《譚獻詞學研究》於第二章討論譚獻著作時，其中提及《篋中詞》收錄詞人詞作情形：「共四百一十一家，其中重出者二十八家，故選錄詞人凡三百八十三人，詞都一千零六十四首，其中也包括了《復堂詞》的九十二首。」〔註 51〕並以目錄陳列各卷詞人與詞作個數。

林友良〈譚獻《篋中詞》淺探〉一文則以分述方式，說明收錄情形。如於前言中說：「甄錄詞家近四百人，收詞近千首，評點六百餘則。」〔註 52〕又分別敘述今集五卷「錄詞家二百十一人，詞作六百零六闋」〔註 53〕、續集四卷「補錄詞家一百六十六位（不含重複者），詞作三百六十九闋。」〔註 54〕又說：「《篋中詞》計收清代詞家三百餘人，錄詞近千首（不含復堂詞）。」〔註 55〕若就文中所提供的數字進行加總，包含譚獻及其詞作在內，則應得詞家之數爲 378 人，詞作1067首。

〔註 48〕《篋中詞》今集三，頁 217。
〔註 49〕《篋中詞》金集四，頁 247。
〔註 50〕《篋中詞》今集續四，頁 583。
〔註 51〕蕭新玉：《譚獻詞學研究》，頁 64～71。
〔註 52〕林友良：〈譚獻《篋中詞》淺探〉，頁 145。
〔註 53〕林友良：〈譚獻《篋中詞》淺探〉，頁 145。
〔註 54〕林友良：〈譚獻《篋中詞》淺探〉，頁 150。
〔註 55〕林友良：〈譚獻《篋中詞》淺探〉，頁 151。

　　羅仲鼎校點《篋中詞》，進行勘誤並重新編排成爲《清詞一千首》，而由於此書爲了方便讀者閱讀，故將《篋中詞》中補錄之詞人詞作一概合併，並將《篋中詞》中原本收錄譚獻 92 首詞作的第六卷全數刪去，另外根據葉恭綽（1881～1968）《全清詞鈔》所收錄的譚獻 17 首詞作作爲附錄，故言：「原書共錄清代 375 位詞人的作品共 984 首，刪去重出一首，加上附錄《復堂詞》17 首，正好湊足一千之數，故名之爲《清詞一千首》。」〔註56〕然而文中卻未明確提及重出的一首詞作爲何，並且也因爲將同一詞人之詞作以不分卷的方式合併，排除原先《篋中詞》的續補體例後，則無法了解譚獻初始選詞的先後順序，例如將易順鼎（1858～1920）、易順豫（1865～？）兄弟並列，但易順豫原本收錄在《篋中詞》的續集第四卷中，是已脫離原始版本的樣貌。

　　故筆者爲了解《篋中詞》的實際收錄情形，確定此書所收錄的詞人詞作數量，以及找尋何以造成計數上出入的原因，進行了逐條的計算與比對，正集前五卷所收錄詞人詞作的數量分別爲：今集一卷錄詞人 42 位、詞作 133 首；今集二卷錄詞人 42 位、詞作 113 首；今集三卷錄詞人 47 位、詞作 125 首；今集四卷錄詞人 43 位、詞作 112 首；今集五卷錄詞人 37 位、詞作 127 首。故正集五卷共計錄有 211 位詞人、610 首詞作。

　　而續集各卷所收錄之詞人詞作情形，則以下列簡表呈現：

卷　數	原錄詞人數量	重　出　詞　人	所錄詞人數量	所錄詞作數量
今集續	40	丁志和、楊傳弟、陳元鼎、黃長森、嚴繩孫 5 人	35	77
今集續二	61	方濬頤、張景祁、張鳴珂、李恩綬、錢枚、倪稻孫、左輔、董士錫、吳廷鉁、江沅、吳熙載 11 人	50	114

〔註56〕譚獻撰；羅仲鼎、余浣萍校點：《清詞一千首》（杭州：西泠印社出版社，2007 年），〈前言〉，頁 12。

| 今集續三 | 67 | 潘曾綬、蔣垣、宗山、鄧濂、夏埙、汪全德、吳廷鉁、蔣敦復、劉勳、江順詒、諸可寶、潘鴻、樊增祥13人 | 54 | 107 |
| 今集續四 | 31 | 張金鏞、張僖、吳恩慶、陳澧、沈世良、易順鼎6人 | 25 | 75 |

　　由於續集卷爲補錄性質，各卷皆有詞人重見情形，故標列原本所收錄的詞人數量之外，另扣除重見的詞人數量，方爲《篋中詞》的實際收錄情形。而其中續集第三卷原錄有的108首詞作，需扣除前述劉勳重出之〈水龍吟・詠塵〉一闋，故是爲107首。

　　將今集前五卷與續集四卷所收錄之詞人詞作數量進行加總，可知《篋中詞》共錄其他清代詞人375位、詞作983首。此一計算結果正與羅仲鼎《清詞一千首》所計數目相同，故其文中所說的重出詞作一首，即爲本文於上一節中所指出劉勳〈水龍吟〉一闋詞作的重出情形，於此則可確實了解包含譚獻與其詞作在內的《篋中詞》共計收錄376位詞人以及1075首詞作。

　　進一步檢視蕭新玉《譚獻詞學研究》中的詞人詞作數量目錄，則可發現幾處詞作闋數計算上的問題。如其目錄計今集卷一中的蔣平階（1616～1714）被收錄七首詞作〔註57〕，然而對照《篋中詞》則可發現其中〈更漏子・無題〉是雙調四十六字的格式，共三闋〔註58〕，而蕭新玉誤判爲單調格式六闋，是故〈更漏子〉三闋加上〈臨江仙・宮詞〉一闋，實際所收詞作應爲四首；又計同卷中的毛奇齡（1623～1716）被收錄三首詞作〔註59〕，然而按照韻部格律核對，則可知《篋中詞》收錄其〈南歌子〉皆爲單調二十六字之體例〔註60〕，蕭新玉則將其中〈南歌子・古意〉誤判爲雙調五十二字，是故〈南歌子・閨情〉一闋、〈南歌子・古意〉兩闋，加上〈南柯子・

〔註57〕蕭新玉：《譚獻詞學研究》，頁65。
〔註58〕《篋中詞》今集一，頁68～69。
〔註59〕蕭新玉：《譚獻詞學研究》，頁65。
〔註60〕《篋中詞》今集一，頁72。

淮西客舍得陳敬止書有寄〉一闋，所收詞作應爲四首；又今集卷三中將張惠言詞作十首誤計爲六首、惲敬（1757～1817）詞作兩首誤計爲一首〔註61〕；今集卷五中蔣春霖詞作二十三首則誤計爲二十二首〔註62〕；又或是數字加總錯誤，如目錄計續集卷二總共收錄一百一十四首詞作，但按照其羅列的數字進行加總，則爲一百零九首〔註63〕。

從以上檢視過程可知，同一詞牌詞調或有不同的格律體式，而詞選集在編錄時並未提供此一訊息，《篋中詞》亦然，因此也是容易造成計數產生出入與誤差的主要原因。

三、選詞現象

《篋中詞》共有正集六卷與續集四卷，其中所選錄詞人詞作的時代範圍集中於清代，然而在書中可以看見此書整體的編排次序有著較爲特殊的現象，如續錄部分無特定的排列次序、以及選錄友朋晚輩與女性詞人之詞作。

（一）續錄無特定次序

《篋中詞》所收錄之詞人詞作，主要以明末清初以至於譚獻所處之同光時期爲選取範圍，其中又以今集前五卷能約略看出所選詞人的時代先後以及所屬的詞派群體，如卷一從吳偉業（1609～1671）、熊文舉（1595～1668）選至柯煜（1666～1736），卷二從朱彝尊（1629～1709）、陳維崧（1625～1682）選至李方湛（生卒年不詳），卷三從吳翌鳳（1742～1819）、郭麐（1767～1831）選至朱紫貴（生卒年不詳），卷四從項鴻祚（1798～1835）、龔自珍（1792～1841）選至曾惠（生卒年不詳），最後卷五從蔣春霖（1818～1868）、丁至和（生卒年不詳）選至馮煦（1844～1927）。

而由於續集四卷屬於補錄性質的關係，詞作多爲譚獻從即時所

〔註61〕蕭新玉：《譚獻詞學研究》，頁66。
〔註62〕蕭新玉：《譚獻詞學研究》，頁67。
〔註63〕蕭新玉：《譚獻詞學研究》，頁68～69。

見的版本所抄錄而來，故無特定的排序方式。譚獻在續集第一卷選邊浴禮（生卒年不詳）五首詞作後有言：

> 座主南皮張薌濤先生《書目答問》著錄本朝詞人別集祇十二家，以《空青詞》終，激賞可想往年，求之未得見也。《篋中詞》刻成，始是邊卓存太守，貽予家集，裏石方伯詩篇富有，已名其家，填詞刻意南宋，位置在草窗、玉田間，極甄錄之，《篋中詞續》託始於此，以後隨得隨鈔，不更銓次。〔註64〕

張之洞（1837～1909）《書目問答》中所著錄的十二家詞人與詞作分別爲：曹貞吉（1634～？）《珂雪詞》、朱彝尊撰與李富孫（1764～1843）注《曝書亭詞注》七卷、陳維崧《烏絲詞》、顧貞觀（1637～1714）《彈指詞》、納蘭性德《飲水詞》與《側帽詞》、厲鶚《樊榭山房詞》、郭麐《蘅夢樓詞》、張惠言《茗柯詞》、姚燮（1805～1864）《疏影樓詞》、周之琦《金梁夢月詞》、承齡（1814～1865）《冰蠶詞》、邊浴禮《空青詞》。譚獻當時對於《空青詞》頗有嚮往，然未能得見，而前十一位詞人之詞作皆已收錄至《篋中詞》的五卷正集當中；直至邊卓存（生卒年不詳）贈家書，譚獻才得以收錄邊浴禮的詞作，更以此作爲續錄《篋中詞》詞人詞作之始事，而也說明其續錄方式乃爲「隨得隨抄」，故從此可知續錄卷中並無一定的次序排序。

（二）錄友朋晚輩詞作

譚獻編選《篋中詞》有標誌派別之用意，自今集第三卷收錄張惠言詞作之後，選錄其他常派詞人的頻率與數量則相對地相當集中，且譚獻身爲常派中後期詞人，故《篋中詞》中亦收錄同時期如蔣敦復、莊棫、馮煦等人詞作。而四卷續集由於抄錄方式的關係，則無明顯的時代範圍與詞派群體趨向，但依然可見譚獻選錄諸多交游或晚輩之詞作，如李恩綬（1835～1911）、葉衍蘭（1823～1898）、弟子徐珂（1869～1928），或鄭文焯（1856～1918）、王鵬運（1840～1904）、況周頤

〔註64〕《篋中詞》今集續，頁392。

（1859～1926）等晚清著名詞家。

　　譚獻選錄弟子徐珂〈采桑子〉及〈疏簾澹月・梅花爲彝齋賦〉兩
闋詞作，各評爲「自然」〔註65〕、「筆能逆入平出」〔註66〕。譚獻在
日記中亦曾說過：「點定徐生仲玉行卷。塡詞婉約有度，詩篇能爲直
幹。」〔註67〕將弟子的詞作收入於《篋中詞》之中，似而可見譚獻對
於門徒的提拔與愛護之情。又或譚獻選錄況周頤〈齊天樂・秋雨〉詞
作，後有評曰：「幼遐絜精，夔笙隱秀，將治南北宋而一之正，恐前
賢畏後生也。」〔註68〕日記亦曾評論況周頤：「銳意爲倚聲之學，與
同官端木子疇、王幼遐、許子璟唱和，刻《薇省同聲集》，優入南渡
諸家之室。」〔註69〕是而可見譚獻編選《篋中詞》在採錄前人詞作，
以作爲清代詞學正變的表彰之外，同時亦能汲取賞識後生晚輩作品，
以更爲廣闊的視野來呈現清詞各階段的發展情形。

（三）錄女性詞人詞作

　　《篋中詞》中另一個特別的選詞現象則爲選錄清代女詞人詞作。
正集第五卷末收錄徐燦（1618～1698）、賀雙卿（1713～1736）與莊
盤珠（1796～1820）等十一位；續集第一卷末則有左錫璇（1829～1895）
等三位；續集第三卷末有屈蕙纕（1862～1930）一位；續集第四卷末
則有錢斐仲（1809～1850？）與鄧瑜（1843～1901）兩位，共選 17
位女詞人、38 首詞作。而於第五卷徐燦名下標註「以下閨人」〔註70〕
字樣，他卷則於名下補註「某某妻」、「某某室」、「某某妾」等字樣說
明身分。

　　在同代亦收錄女性詞人詞作之詞選集則有王昶《國朝詞綜》與黃
燮清《國朝詞綜續編》。《國朝詞綜》主要集中收錄於第四十七與四十

〔註65〕《篋中詞》今集續四，頁 596。
〔註66〕《篋中詞》今集續四，頁 597。
〔註67〕《復堂日記》卷八，頁 195。
〔註68〕《篋中詞》今集續四，頁 581。
〔註69〕《復堂日記》卷八，頁 204。
〔註70〕《篋中詞》今集五，頁 332。

八卷中，計有 55 位、101 首，《國朝詞綜續編》則錄於第二十二至二十四卷，計有 91 位、208 首，且兩書所選錄的內容與範圍並未有重覆，數量可謂眾多。

按照《篋中詞》的編選體例並比對選錄的詞作內容，則可見其中收錄之女性詞人詞作亦見於《國朝詞綜》或《國朝詞綜續編》中，是故可知《篋中詞》應多從此二部詞選集中抄錄女性詞人之詞作；然而《篋中詞》仍有少數未見於此兩部詞選集中的詞作，如徐燦〈唐多令・感懷〉（玉笛擪清秋）、金莊〈玉樓春〉（早鳥嘹起）、屈蕙纕〈高陽臺・秋柳用玉田韻〉等，又或如從吳藻（1799～1862）《香雪廬詞》中所抄錄之〈風流子〉（闌干十二曲重回）、關鍈（1823～？）《夢影樓詞》中所抄錄的五首詞作等等，則皆未見於前二部詞選集當中。

譚獻於《篋中詞》中所選錄的女性詞人詞作，題材內容多為描寫或抒發家國興亡之感，並且給予極高的評價，例如評論顧信芬（生卒年不詳）〈浣溪紗〉：「幾可抗手梁汾。」〔註71〕或是評論李佩金（生卒年不詳）〈金縷曲〉：「筆勢奇縱，清照卻步。」〔註72〕認為可與詞人顧貞觀，甚至是南宋女詞人李清照相互抗衡。從譚獻在《篋中詞》

〔註71〕《篋中詞》今集五，頁 337。《篋中詞》收顧信芬〈浣溪紗〉四闋，此處評述記於第四闋後，原詞：「一雁橫飛萬里秋，西風人倚木蘭舟，蕭蕭南浦碧雲愁。　　腸是有情牽別恨，心因無蒂殢離愁，夕陽影裏凭危樓。」

〔註72〕《篋中詞》今集五，頁 339。此闋〈金縷曲〉「月照梨花白」原詞牌下有詞題：「癸亥暮春初九夜，見月懷林風、畹蘭於吳中，時予將赴中州，感賦此解，即寄奉柬，不自知情之以往而深也。」但《篋中詞》僅錄：「暮春月夜，懷林風、畹蘭於吳中，時予將赴中州，感賦此解。」按沙先一〈選本批評與詞史建構——以譚獻《篋中詞》為例〉之「《篋中詞》選源一覽表」考據，認為此詞乃鈔錄自黃燮清《國朝詞綜續編》（頁 180），而此詞確實收錄至《國朝詞綜續編》第二十三卷中，其詞題則與《篋中詞》所錄相同，見《續修四庫全書》（上海：上海古籍出版社，2002 年），冊 1731，頁 662。從此一條錄詞資訊除了可以得知譚獻的錄詞來源版本之外，也可發現選詞者若於鈔錄詞作時簡錄，容易因此輾轉傳抄而產生與原詞樣貌出現出入的情形。

選錄女性詞人詞作的範圍與內容等表現來看，則可見譚獻對於女詞人詞作風格與意涵上的賞識與重視。

第五節 評述意義

　　譚獻除了在《篋中詞》中選錄詞人詞作之外，同時亦會對於某些詞人與詞作進行評述，例如單闋詞作的風格與筆法賞析，或是對於詞人在清代詞史中的地位以及影響而寫下自己的觀點與見解。一般而言，從詞選集的選詞數量可以看出選詞者個人的選詞取向以及詞學概念，若就《篋中詞》的選詞數量來看，其中選錄詞人詞作的數目多寡分別依序為：納蘭性德 25 首、蔣春霖 23 首、項鴻祚 21 首，次而為朱彝尊、厲鶚各 18 首，莊棫 12 首，以及張惠言、周濟與張景祁各 10 首。

　　從選詞數量來看，譚獻曾言編選《篋中詞》之意旨在於「以衍張茗柯、周介存之學」，但選錄張惠言與周濟之詞作數量卻少於浙派的朱彝尊與厲鶚，是否有所矛盾？然而若進一步閱讀譚獻在《篋中詞》中的評述時，則能發現譚獻對於常、浙兩派的評論多持較為公允的客觀態度。故除了用「選詞數量」來理解譚獻選詞的取向之外，更應適當地參照譚獻的評述文字，方能以較為全面的角度來架構譚獻的詞學觀點。本節則從譚獻《篋中詞》評述中所呈現的清詞脈絡、詞派演變與特尊三家詞人等三個論點進行探討與分析。

一、呈現清詞脈絡

　　譚獻曾經在《篋中詞》序文中大略提及此一詞選集的內容為：「容若、竹垞而後且數變矣，論具卷中，不觀縷也。」〔註73〕而其中所謂之「數變」，則可從日記中的資料為補充說明，即指：「上自飲水，下至水雲，中間陳、朱、厲、郭、皋文、翰風、枚庵、稚圭、蓮生諸家，千金一冶，殊呻共吟。以表填詞正變，無取刻畫二窗、

〔註73〕譚獻撰：《篋中詞・序》，頁 13。

皮傅姜張也。」〔註74〕在《篋中詞》中也確實能看出此一選詞脈絡，
而譚獻又曾在日記裡又更一步地表達：

> 周稚圭有言：「成容若，歐、晏之流，未足以當李重光。」
> 然則重光後身惟臥子足以當之。嘉慶時孫月坡選《七家
> 詞》，爲屬樊榭、林蠡樵、吳枚庵、吳谷人、郭頻伽、汪小
> 竹、周稚圭，去取精審。予欲廣之爲前七家，則轅文、葆
> 酚、羨門、漁洋、梁汾、容若、遹聲，又附舒章、去矜、
> 其年爲十家；後七家，則皋文、保緒、定庵、蓮生、海秋、
> 鹿潭、劍人，又附翰風、梅伯、少鶴爲十家。詞自南宋之
> 季幾成絕響，元之張仲舉稍存比興，明則臥子直接唐人爲
> 天才。近代諸家類能祧南宋而規北宋，若孫氏與予所舉二
> 十餘人，皆樂府中高境，三百年所未有也。〔註75〕

孫麟趾（生卒年不詳）所選輯的《國朝七家詞選》，一書分別選錄之
詞人詞作爲屬鶚十四首、林蕃鍾（生卒年不詳）三首，吳翊鳳（1742
～1819）六首，吳錫麒（1746～1818）三首，郭麐十八首，汪金德（生
卒年不詳）七首，周之琦四首。而譚獻則在此七家詞人的基礎上，又
欲拓廣爲前七家、前十家與後七家、後十家之目，前七家爲宋徵輿
（1618～1667）、錢芳標（生卒年不詳）、彭孫遹（1631～1700）、王
士禎、顧貞觀、納蘭性德、沈豐垣（生卒年不詳），並增李雯、沈謙
（1620～1670）及陳維崧爲前十家；後七家則爲張惠言、周濟、龔自
珍、項鴻祚（1798～1835）、許宗衡（1811～1869）、蔣春霖與蔣敦復
（1808～1867），再附張琦、姚燮與王拯（1815～1876）爲後十家。

　　譚獻從周之琦的論述引申發揮，認爲詞發展至南宋已爲最高境
界，自後幾成絕響，然而只有元代張仲舉（生卒年不詳）「稍存比興」、
明代陳子龍（1608～1647）作詞殊近南唐李後主（937～978）而已，
此爲譚獻對於南宋詞發展至於元明時的概念；而後又相對於孫月坡所
舉之七家詞多爲浙派詞人，譚獻則廣增如雲間派之李雯、宋徵輿，或

〔註74〕《復堂日記》卷二，頁37。
〔註75〕《復堂日記》卷二，頁54。

陽羨派的陳維崧，以至於常派的張惠言、張琦與周濟等詞人，並言與孫氏所選之七位詞人合併而成的二十餘位詞人，是清詞發展中最接近宋詞精神與樣貌的代表詞家。由此可見，在譚獻的清詞史觀裡並不僅只拘泥侷限於一家，而是能以客觀的角度陳述清代詞學發展中各派所造成的演變與影響。

二、分析詞派演變

　　譚獻身為常州詞派之後學，除了對於常派的詞學理論有著自覺性的承繼意識外，同時也在常派的詞學理論基礎上進行修正與調整。譚獻更在《篋中詞》中明確地將以張惠言為首的常派詞人進行範圍上的集中選錄。譚獻於正集第三卷中選錄張惠言之詞作後，有言：

> 《茗柯詞》四十六首久欲評注全本，遺飼學子，病嬾未就。
> 今就《宛鄰詞選》附錄及《詞綜續編》所采，合錄十闋，
> 菁華略備。《詞選》附錄諸家，黃氏續編未載，今刪取。附
> 茗柯後，以志派別。〔註76〕

《篋中詞》自張惠言以下選錄張琦、惲敬、錢季重（？～1821）、李兆洛（1769～1841）等詞人，直至第五卷中仍選錄如蔣敦復、莊棫等常派詞人，都可見譚獻在常派詞人的選錄範圍與數量上，確實彰顯著一己「以志派別」之用意。是故若僅從單一詞人的選詞數量上來論定譚獻的選詞取向與偏好，則容易產生其所選與所言矛盾的問題，則應從《篋中詞》的整體收錄情形來看譚獻在派別上的區分概念，以及從評述內容來了解譚獻所立足的角度及觀點。

　　譚獻對於常州詞派的詞學脈絡與詞論建構，仍以推崇追尊張惠言、周濟為主。張惠言被視為常派創始之開端與領導，周濟則為繼張惠言之後再度擴充常派詞論的代表性人物。譚獻也遵循著此一脈絡，說明常派在張惠言以至於周濟之間的發展情形：

> 翰豐與哲兄同撰《宛鄰詞選》，雖町畦未盡，而奧窔始開，
> 其所自為，大雅猶逸振北宋名家之緒。其子仲遠序《同聲

〔註76〕《篋中詞》今集三，頁169。

集》有云：「嘉慶以來，名家均從此出。」信非虛語。周止
齋益窮正變，潘四農又持異論，要之倚聲之學，由二張而
始尊耳。〔註77〕

張惠言與其弟張琦編選《詞選》一書，雖並未在一開始就引起廣大的
迴響，但經過許多後續跟進者的凝聚與推廣，使得常州詞派的影響力
日漸流佈茁壯，往後的常派詞人的共識也普遍將張惠言與其《詞選》
視爲常派的創始領導與發展淵源。故譚獻言常派於創始之初雖仍處在
自我界定與習詞門徑皆尚未明顯完善、「町畦未盡」的狀態，然而在
張惠言所提出的詞論主張中，例如推尊詞體、比附大雅，此類立論意
旨精深微妙之處，也使得後續常派詞人有得以遵循秉持或延伸探討的
基礎，故可謂常派詞學理論「奧窔始開」的起端。

常州詞派繼張惠言之後的代表性詞人則爲周濟，其詞論爲在張
氏詞論的基礎上，進一步提出「詞有寄託」此一重要主張。譚獻於
《篋中詞》中如此評述周濟：

> 茗柯《詞選》出，倚聲之學日趨正鵠。張氏甥董晉卿造微
> 踵美，予未得其全集。止庵切磋於晉卿，而持論益精，其
> 言曰：「愼重而後出之，馳騁而變化之，胸襟醞釀乃有所寄。」
> 又曰：「詞非寄託不入，專寄託不出。一物一事，引伸觸類，
> 意感偶生，假類必達，斯入矣。萬感橫集，五中無主，赤
> 子隨母笑嚱，野人緣劇喜怒，能出矣。」以予所見周氏撰
> 定《詞辨》、《宋四家詞筏》，推明張氏之旨而廣大之。此道
> 遂與於著作之林，與詩賦文筆同其正變也。止庵自爲詞，
> 精密純正，與茗柯把臂入林。〔註78〕

周濟習詞受法於董士錫（1782～1831），而董士錫不僅爲張惠言之外
甥，在詞學上也有所傳承，是故周濟也藉由與董士錫之間的師友關
係，間接地對於張惠言的詞學也有著接收的機會。周濟將張惠言的
「比興」說更進一步引申發展成「寄託」說，更在道光十二年（1832）

〔註77〕《篋中詞》今集三，頁 171。
〔註78〕《篋中詞》今集三，頁 186～187。

所編選《宋四家詞選》的序文中，更深入地針對寄託進行說明，認為詞作以寄託爲主體，作詞也應以寄託爲主旨，而寄託則來自於詞人對周遭事物感觸的發揮與轉移。而譚獻也將周濟定位於推衍發明張惠言詞論要旨並同時引申發揚的常派詞人，更認爲其詞作風格可與張惠言詞作風格相提並論。

　　譚獻對於常派在清代詞學發展歷程中所具有的影響及其後續流變，曾在光緒十二年（1876）的日記中有著以下文字紀錄：

> 填詞至嘉慶，俳諧之病已淨。即蔓衍闡緩貌似南宋之習，明者亦漸知其非。常州派興，雖不無皮傅，而比興漸盛。故以浙派洗明代淫曼之陋，而流爲江湖；以常派挽朱、厲、吳、郭（頻伽流寓）佻染餖飣之失，而流爲學究。近時頗有人講南唐北宋，清眞、夢窗、中仙之緒既昌，玉田、石帚漸爲已陳之芻狗。周介存有「從有寄託入，以無寄託出」之論，然後體益尊、學益大。近世經師惠定宇、江艮庭、段懋堂、焦里堂、宋于庭、張皋文、龔定庵多工小詞，其理可悟。〔註79〕

文中說明浙派的興起是爲了一掃自明代沿襲而來內容俗艷、託體不尊的陋習，然而一開始填詞必稱南宋、必舉姜、張的主張，卻在後期成爲一種徒然堆砌詞藻辭句的弊病；此時常派則又針對後期浙派詞作內容空洞、缺乏情感而發起立論，以譬如《詩經》的比興手法來充實詞作內容，然而卻在後期也逐漸成爲一種僵化狹隘的作詞風氣，譚獻亦曾說過：「常州詞派不善學之，入於平鈍廓落，當求其用意深雋處。」〔註80〕可見每一詞派初始的興起，都曾針對某種衰蔽的現象提出實際的改善與針砭方式，然而後期跟進者若只是在形式上模擬揣摩，則又往往淪爲另一種被後起詞派或其他詞論家所針對批判的衰蔽根源。是故以常派爲例，即使經過張惠言提升詞作價值、周濟深化詞作內涵，以及其他詞人所曾提出的不同見解與改進方法

〔註79〕《復堂日記》卷三，頁72。
〔註80〕《篋中詞》今集三，頁180。

等各個階段,後繼跟進者若只是憑著一知半解的淺陋方法去吹捧主張、仿效形式,爲作詞而作詞,表面看似符合詞派主張中的各項要求,卻不深究其中的眞實內涵與意旨,也只是徒然成爲平庸通俗、虛無空洞的詞作而已。

除了對於常派後期跟進者的檢討與反省之外,譚獻也曾對於清初的陽羨詞派以及浙西詞派提出類似看法:「錫鬯、其年出,而本朝詞派始成。顧朱傷於碎,陳厭其率,流弊亦百年而漸變。錫鬯情深,其年筆重,固後人所難到。」〔註81〕譚獻於此處所主要針對的是以陳維崧與朱彝尊爲首的前期陽羨詞派與浙西詞派,認同兩位詞人確實爲清代詞派領袖的開端,認爲陳維崧作詞深沉頓鬱,朱彝尊作詞含蓄婉轉,是其長處,非常人所易能領略;然而譚獻所要進行批評的對象,則爲後期的陽羨派與浙派詞人,一爲仿效陳維崧而流於粗率叫囂,不知有所節制,一爲仿效朱彝尊而流於瑣碎散雜,妨礙情感的眞摯。逐漸演變而來的積習成爲流弊,使詞派的走向開始與詞派初始所奠定的理念、精神,產生極大出入。

譚獻自身也曾經歷過習詞先效浙派,後歸常派的轉變歷程,更以自己眞實的經驗與體會說明後期浙派產生弊病的主要原因:

> 南宋詞敝,瑣屑餖飣,朱、厲二家學之者流爲寒乞。枚庵高朗、頻伽清疏,浙派爲之一變,而郭詞則疏俊,少年尤喜之。予初事倚聲,頗以頻伽名儁,樂於風詠,而微窺柔厚之旨,乃覺頻伽之薄,又以詞尚深澀,而頻伽滑矣。後來辨之。〔註82〕

浙派在朱彝尊、厲鶚之後,學之皮毛者僅追求詞作字句上的堆砌,詞作毫無生氣精神;譚獻認爲吳翌鳳(枚庵)詞作之「高朗」、郭麐(頻伽)詞作之「清疏」,爲浙派詞作風格注入不同精神,是爲一變。譚獻於年少初始習詞時,曾因爲欣賞郭麐的詞作風格進而仿效師法之;

〔註81〕《篋中詞》今集二,頁 93。
〔註82〕《篋中詞》今集三,頁 153。

然而譚獻在逐漸領略作詞有「柔厚之旨」之後，便轉而效法常派，以柔厚取代疏薄，以深澀取代浮滑，實際指出浙派在詞作風格上所未能達到的境界，也為譚獻歸向常派作詞方法的主要原因。

譚獻對於自己有著身為常派後學的意識，在常派的發展脈絡中將張惠言與周濟先定位至同等高度的地位，並認為在張、周詞論中對於詞作內容意涵的提升與深化，不僅是身為常派後繼者所應理解體會並汲取學習的部分，也是針對晚期浙派產生諸多弊病所能提供較具建設性的解決方針。譚獻不僅針對陽羨與浙西詞派的發展演變進行分析，明確指出晚期兩大詞派之所以流向衰敝的原因，同時也為常派體系進行反省與檢討，不因身為常派的一員而只針對其他詞派缺陷疏漏之處進行批判，而是因為身為常派一員更有自覺意識，將陽羨與浙西詞派由盛轉衰的因素與現象逐一分析，使如同自己身為常派之後繼者引以為鑑。

三、特尊三家詞人

《籃中詞》中所選錄詞人之詞作數量最多的前三位，分別為納蘭性德 25 首、蔣春霖 23 首與項鴻祚 21 首，譚獻甚至稱納蘭性德、項鴻祚與蔣春霖為「二百年中，分鼎三足」之三家詞人。而譚獻何以給予此三家詞人如此崇高的地位與評價，則可分別從三位詞人與詞作的內涵特色與風格成就進一步分析。

（一）論唐、宋詞為詞之高格，以納蘭性德為主

常州詞派自張惠言編選《詞選》，周濟編選《詞辨》及《宋四家詞選》以來，多以南唐五代、南北兩宋為主要的選詞範圍，是以編選前代詞人詞作的方式，標立作詞的藝術手法與崇尚境界，作為後人習詞的範本與圭臬。而唐、宋詞分別為詞體發展的開端與繁盛階段，也是最接近詞的原始樣貌以及性質功用的時期，可見張、周對於唐宋詞格的推崇與尊奉。

譚獻繼承常派推奉南唐、兩宋之詞境與詞格，並將此一詞學觀

念，化入評選詞人詞作的見解之中。譚獻在《篋中詞》中對於納蘭性德詞作有「偪眞北宋慢詞」〔註83〕的評述，更曾引用周之琦（字稚圭）的評論，從中採擷納蘭性德詞作的長處：

> 周稚圭曰：「或言納蘭容若，南唐李重光後身也。予謂重光，天籟也，恐非人力所及。容若長調多不協律，小令則格高韻遠，極纏綿婉約之致，能使殘唐墜緒，絕而復續，第其品格，殆叔原、方回之亞乎！」〔註84〕

周之琦曾言：「成容若，歐、晏之流，未足以當李重光。」〔註85〕由於李後主（937～978）之詞情天生自然，加上時代背景的因素，其眞情流露，非一般人所刻意力求而可以達成，更對於其他人認爲納蘭性德足以稱爲李後主後身的看法提出質疑。周稚圭更從納蘭性德作詞的格律與風格進行分析，認爲其長調多不偕律，然小令之意涵情致高遠，詞情婉約纏綿，尙得以接續南唐之餘韻墜緒，歸爲北宋晏幾道（1030～1106？）、賀鑄（1052～1125）一類文采婉約，情意雋永的詞人詞作風格。

　　譚獻在周之琦認爲「重光後身惟臥子足以當之」〔註86〕的論述上，繼而提出：「有明以來，詞家當推湘眞第一，飮水次之，其年、竹垞、樊榭、頻伽尙非上乘。」〔註87〕認爲納蘭性德乃自明代陳子龍（字臥子，「湘眞」爲其作品名，後多代指陳子龍）以來足稱爲「上乘」之詞家代表，對於納蘭性德在清初詞學發展上的定位，有著極度的重視。不僅是爲譚獻編選《篋中詞》時對於詞人排序範圍的概念，

〔註83〕《篋中詞》今集一，頁55。此處評述出自〈台城路・塞外七夕〉「白狼河北秋偏蚤」詞後，原詞爲：「白狼河北秋偏蚤，星橋又迎河鼓。清漏頻移，微雲欲濕，正是金風玉露。兩眉愁聚，待歸踏榆花，那時纏訴。只恐重逢，明明相視更無語。　人間別離無數。向堆筵瓜果，碧天凝竚。連理千花，相思一葉，畢竟隨風何處？羈栖良苦。算未抵空房，冷香嘵曙。今夜天孫，人愁似許。」
〔註84〕《篋中詞》今集一，頁55。
〔註85〕《復堂日記》卷二，頁54。
〔註86〕《復堂日記》卷二，頁54。
〔註87〕《復堂日記》卷二，頁37。

也同時呈現譚獻所認爲的清詞發展的脈絡。譚獻更曾在日記中說道：「點誦成容若《飲水詞》袁蘭生選本。風格更高出蔣鹿潭矣。有明以來詞手，湘眞第一，飲水次之，陳（其年）、朱（竹垞）而下皆小家也。」〔註88〕認爲納蘭性德之詞能貼近唐宋詞之餘韻情致，則是譚獻視之爲清初第一詞手的主要原因。

（二）論「詞人之詞」之定義與內涵，以蔣春霖爲主

　　譚獻將納蘭性德、項鴻祚與蔣春霖之詞作並稱爲「詞人之詞」的論述，主要出現在《篋中詞》選錄蔣春霖詞作之後的評述，是言：

> 文字無大小，必有正變，必有家數。《水雲樓詞》，固清商變徵之聲，而流別甚正，家數頗大，與成容若、項蓮生二百年中，分鼎三足。咸豐兵事，天挺此才，爲以爲倚聲家杜老。而晚唐兩宋一唱三歎之意，則已微矣。或曰：「何以與成、項並論？」應之曰：「阮亭、葆酚一流，爲才人之詞。宛鄰、止庵一派，爲學人之詞。爲三家是詞人之詞，與朱、厲同工異曲，其他則旁流羽翼而已。」〔註89〕

在此段評論文字中，譚獻認爲蔣春霖的《水雲樓詞》足以視爲清詞發展中之正流，更以蔣春霖所遭逢的時代背景以及個人作詞的天賦才性，媲美爲「倚聲家之杜老」，以杜甫「詩史」之稱譽，同樣將蔣春霖視爲「詞史」的代表。而從譚獻的論述中，可以知道譚獻將詞人分爲三種：一是本身秉性才氣足夠的「才人之詞」，如王士禎、錢芳標；二是以移度治學方式寫詞的「學人之詞」，如張惠言、周濟；三是通達於詞采與詞情的「詞人之詞」，其中則以納蘭性德、項鴻祚與蔣春霖爲代表，是爲「二百年中，分鼎三足」，能於清代詞壇崛然樹立的重要詞家代表。

　　由《篋中詞》選錄蔣春霖之詞作與譚獻之詞評，則可更深入瞭解譚獻所謂「詞人之詞」的定義與內涵。如選〈浪淘沙〉，後有評曰：

〔註88〕《復堂日記》補錄卷一，頁233。
〔註89〕《篋中詞》今集五，頁292～293。

「鄭湛侯爲予言此詞本事，蓋感兵事之連結，人才之惰窳而作。」
〔註90〕評〈踏莎行・癸丑三月賦〉則言：「詠金陵淪陷事，此謂詞史。」
〔註91〕評〈東風第一枝・春雪〉時有言：「憂時盼捷，何滅杜陵！南
國廓清，詞人已死。其志其遇，蓋可哀也。」〔註92〕由此可知，譚
獻所言「詞人之詞」主要在於詞人於詞作中所能表達的眞切感情。
而其感情不能流露過度，需有所節制收斂，以情意與景物的融合渾
化達到詞作的最高境界，在詞作的創作筆法以及情境內涵雙方面皆
能有所兼顧，且蘊含眞摯情感的詞作，最能感動渲染人心，如前述
所言「晚唐兩宋一唱三歎之意」。是故蔣春霖以詞寫史的方式，最爲
符合譚獻所謂「詞人之詞」的詞家代表。

（三）論掃除浙派沿襲姜、張之陋習，以項鴻祚爲主

譚獻在承續常派推崇唐宋詞格與詞境的詞學理念之外，同時也
針對浙派末流進行批評。清代浙派自朱彝尊主張標榜南宋，推舉
姜、張，作詞崇尚意境清空；然而發展至末流，由於過度著重意境
的營造，在形式徒擬姜、張，琢磨推敲，導致詞境流於空泛，未能
迫切反映社會現實與時代背景。譚獻曾言：「杭州塡詞爲姜、張所縛，
偶談五代北宋，輒以空套抹殺，百年來屈指惟項蓮生有眞氣耳。」
〔註93〕則是認爲項鴻祚能一掃浙派之陋習，以眞氣提高詞作之意
境。

〔註90〕《篋中詞》今集五，頁 282。原詞：「雲氣壓盧闥，青失遙山。雨絲
風片一番番。上巳清明都過了，只是春寒。　　華發已無端，何況
華殘。飛來胡蝶又成團。明日朱樓人睡起，莫卷簾看。」

〔註91〕《篋中詞》今集五，頁 282～283。原詞：「疊砌苔深，遮窗松密，無
人小院纖塵隔。斜陽雙燕欲歸來，卷簾錯放楊華入。　　蜨怨香遲，
鶯嫌語澀，老紅吹盡春無力。東風一夜轉平蕪，可憐愁滿江南北。」

〔註92〕《篋中詞》今集五，頁 288。原詞：「慘草遺霜，融泥似水，飛華覓
又無處。樹梢纏褪遙峯，簾外暗兼細雨。輕冰半霽，甚倚著、東風
狂舞。怕一番、暖意烘晴，還帶落梅消去。　　華市冷、試鐙已誤。
芳徑滑、踏青尚阻，依然淺畫溪山。愁殺姌寒院宇。春回萬瓦，聽
滴斷、簷聲淒楚。賸幾分、殘粉樓臺，好趁夕陽鉤取。」

〔註93〕《復堂日記》卷二，頁 34。

　　譚獻又曾撰寫〈項君小傳〉，其文曰：「君文辭爾雅，詩不多作，善填詞。幽異窈眇，浸淫五代兩宋，而擷精去滓。好儗溫、韋以下小樂府，津逮草窗、夢窗，蹊徑既化，自名其家。」〔註94〕認爲項鴻祚的詞作風格不僅有晚唐溫庭筠（812～870）、韋莊（836～910）小令之特色，亦能從南宋周密（1232～1298）、吳文英（1212～1272）詞作途徑中，不流於一味地模擬承襲，反而能融合自化，渾然自成一家。

　　然而特別的是，譚獻對於項鴻祚的稱譽甚高，《篋中詞》也選錄21 首詞作爲全書收錄詞作數量第三多的詞人，而譚獻卻僅於最末首詞作後進行評述，是言：

> 蓮生，古之傷心人也。蕩氣迴腸，一波三折，有白石之幽澀，而去其俗；有玉田之秀折，而無其率；有夢窗之深細，而化其滯。殆欲前無古人。其《乙稿》自序：「近日江南諸子，競尚填詞，辨韻辨律，翕然同聲，幾使姜、張頫首。及觀其著述，往往不逮所言」云云，婉而可思。又《丁稿》云：「不爲無益之事，何以遣有涯之生？」亦可以哀其志矣！以成容若之貴、項蓮生之富，而填詞皆幽豔哀斷，異曲同工，所謂別有懷抱者也。〔註95〕

馮煦於《蒿庵論詞》中曾說過：「淮海、小山，眞古之傷心人也。其淡語皆有味，淺語皆有致，求之兩宋詞人，實罕其匹。」〔註96〕言秦觀（1049～1100）、晏幾道爲宋代之眞傷心人，而譚獻相對地則稱項鴻祚爲清代之眞傷心人也。其詞作描寫時事局勢，氣勢磅礡，而

〔註94〕譚獻撰：〈項君小傳〉，附於項鴻祚所撰之《憶雲詞》前，收錄於《叢書集成新編》（臺北：新文豐出版，1985 年），冊 81，頁 185。

〔註95〕《篋中詞》今集四，頁 229～230。案譚獻言「不爲無益之事，何以遣有涯之生？」之文句出自於項鴻祚《憶雲詞》丁稿，然而實際查驗出處，此處文字乃出自於《丙稿》自序一文中，爲譚獻引用出處上的失誤，在此註之。原文參見項鴻祚撰：《憶雲詞》丙稿，收錄於《續修四庫全書》（上海：上海古籍出版社，2002 年），冊 1726，頁331。

〔註96〕馮煦撰：《蒿庵論詞》，見唐圭璋編：《詞話叢編》（北京：中華書局，2005 年），冊 4，頁 3587。

作詞筆法內斂含蓄，情致餘韻綿長，並能兼及姜夔之幽澀、張炎之雅秀、吳文英之深細，去其內容之俗、脫其文字之率、化其情致之滯，融合各家優點，摒除缺點，則是譚獻先前所謂「擷精去滓」的證明。譚獻於評述中並引錄項鴻祚自編《憶雲詞丁稿》之序文內容，說明項鴻祚乃在浙派普遍仿效姜、張，過度講究格律聲度，導致詞作形式之內容幾乎一致而無特色「翕然同聲」的風氣之中，開闢屬於自身詞作意識與特色的詞人。

　　同治六年（1867）譚獻在日記中寫道：「閱項蓮生《憶雲詞》，篇旨清峻，託體甚高，一掃浙中喘膩破碎之習。蓮生仰窺北宋，而天賦殊近南唐。丁稿一卷，偏和五代詞，合者果無愧色。」〔註97〕是對於項鴻祚作詞意旨以及掃除浙派陋習，自闢蹊徑的表現給予極高的評價，更認為其詞作能接續南唐五代與北宋詞之餘續。譚獻也曾對於浙派的流弊習氣有感而發，是言：「浙派為人詬病，由其以姜、張為止境，而又不能如白石之澀、玉田之潤。」〔註98〕而進一步對照項鴻祚能在各家之間取得平衡，取得姜夔之深澀、張炎之溫潤，甚至能自闢蹊徑，自成一家，是故與納蘭性德、蔣春霖同為「別有懷抱」三家詞人之詞的代表之一。

第六節　　《篋中詞》之影響

　　《篋中詞》一書編選的歷程長達三十餘年，從其編選體例可以知道譚獻廣泛參閱各種詞選集以及詞作別集，並從中網羅抄錄清代詞人詞作。然而從收錄的數量來看，《篋中詞》所收錄之 375 家清代詞人，雖在與王昶《國朝詞綜》錄有七百餘家、黃燮清《國朝詞綜續編》錄有五百餘家、丁紹儀《國朝詞綜補》錄有千餘家等當代詞選集相較之下，數量明顯偏少，但從其編選內容來看，譚獻以丁氏詞選集「去取

〔註97〕《復堂日記》卷二，頁 37。
〔註98〕《篋中詞》今集二，頁 123。

無義例，而舛迕覆重尤多」的情形爲警惕，審愼選錄清代較具代表性
之詞人詞作「以表塡詞正變」，呈現客觀的清詞發展脈絡。

　　《篋中詞》所傳達的詞學理念也對於當代與後世造成一定的影
響，如譚獻弟子徐珂於論述清代詞學的發展概況時，即明顯地引用
《篋中詞》當中的評論：

> 前七家者，華亭宋徵輿、錢芳標、無錫顧貞觀、新城王士
> 禛、錢塘沈豐垣、海鹽彭孫遹、滿洲性德也。徵輿，字轅
> 文，其詞不減馮、韋。芳標，字葆酚，原出義山，神味絕
> 似淮海。貞觀，字華峰，號梁汾，考聲選調，吐華振響，
> 浸浸乎薄蘇、辛而駕周、秦。士禛，字貽上，號阮亭，別
> 號漁洋山人，尤工小令，逼近南唐二主。豐垣，字遹聲，
> 其詞柔麗，源出於秦淮海、賀方回。孫遹，字羨門，多唐
> 調，士禛撰《倚聲集》，推爲近今詞人第一。嘗稱其吹氣
> 若蘭，每當十郎，輒自愧傖父。性德，原名成德，字容若，
> 其品格在晏叔原、賀方回間。更益以華亭李雯、錢塘沈謙、
> 宜興陳維崧三家，遂爲十家。雯，字舒章，語多哀豔，逼
> 近溫、韋。謙，字去矜，步武蘇、辛，而以五代、北宋爲
> 歸。維崧，字其年，鬱青霞之奇氣，譜烏絲之新製，實大
> 聲宏，激昂善變者也。〔註99〕

譚獻曾標舉宋徵輿、錢芳標、彭孫遹、王士禛、顧貞觀、納蘭性德與
沈豐垣爲清詞前七家，復增李雯、沈謙及陳維崧合稱前十家。徐珂此
段文字即以譚獻的立論作爲基礎，並引用多處譚獻在《篋中詞》裡的
評論，爲清詞的流變脈絡作一架構。其中關於徐珂引用論述的部分，
筆者作一簡表對照如下：

評論對象	徐珂評論	譚獻《篋中詞》評論
宋徵輿	「不減馮、韋。」	評〈踏莎行〉（錦幄銷湘）：「何減馮、韋。」（今集一，頁27）

〔註99〕徐珂撰：《清稗類抄》（北京：中華書局，1986年），〈文學類・二〉，
　　　　頁3988～3989。

錢芳標	「原出義山，神味絕似淮海。」	評〈憶少年〉（小屏殘燭）：「原出義山。」（今集一，頁58） 評〈水龍吟・聞雁〉（乍晴紋簟涼多）：「神味居然淮海。」（今集一，頁62）
沈豐垣	「其詞柔麗，源出於秦淮海、賀方回。」	評〈賀新郎〉（不放春光去）：「沈邃聲倚聲柔麗，探源淮海、方回。」（今集二，頁104）
彭孫遹	「多唐調。」	評〈生查子〉（薄醉不成鄉）：「唐調。」（今集一，頁64）
納蘭性德	「其品格在晏叔原、賀方回間。」	評〈念奴嬌・廢園〉（片紅飛減）：「周稚圭曰：『或言納蘭容若，南唐李重光後身也。予謂重光，天籟也，恐非人力所及。容若長調多不協律，小令則格高韻遠，極纏綿婉約之致，能使殘唐墜緒，絕而復續，第其品格，殆叔原、方回之亞乎！』」（今集一，頁55）
沈謙	「步武蘇、辛。」	評〈東風無力・春樓南望〉：「神似稼軒。」（今集一，頁43）

　　徐珂除了對於前七家的論述有多處引用譚獻的評論外，又曾評論朱彝尊與陳維崧：「惟朱才多，不免於碎；陳氣盛，不免於率，故其末派有俳巧奮末之病。」〔註100〕則又是出自譚獻《篋中詞》對於朱彝尊與陳維崧之總論：「錫鬯、其年出，而本朝詞派始成，顧朱傷於碎，陳厭其率，流弊亦百年而漸變。」〔註101〕故從徐珂引用譚獻論述的情形來看，明顯可見譚獻《篋中詞》中的詞學觀點對徐珂所造成的影響。

　　此外，葉恭綽編選《廣篋中詞》時曾言：「是編乃繼譚仲修先生《篋中詞》而成，以不盡，屬後起，故稱之『廣』。」〔註102〕明顯地表示因受到《篋中詞》的啟發，進而編選《廣篋中詞》一書；又龍榆生《近三百年名家詞選》中有多處引用譚獻《篋中詞》中評述

〔註100〕　徐珂撰：《清稗類抄》，〈文學類・二〉，頁3989。
〔註101〕　《篋中詞》，今集二，頁93。
〔註102〕　葉恭綽編：《廣篋中詞》，見楊家駱主編：《歷代詩史長編》（臺北：鼎文書局，1971年），第二十二種，〈例言〉，頁15。

的文字資料，更於其〈凡例〉中言「於譚氏《篋中詞》、葉氏《廣篋中詞》採錄特多。」〔註103〕而從兩本詞選集所參考與採錄的版本脈絡來看，則可以了解《篋中詞》在清代詞學發展中，所具備的參考性與重要性。

〔註103〕　龍榆生編選：《近三百年名家詞選》（臺北：長歌出版社，1976 年），〈凡例〉。

第五章 《復堂詞》寫作分析

　　譚獻的詞作主要收錄於《篋中詞》與《復堂類集》中，《篋中詞》錄有 92 首，《復堂類集》所收三卷詞作則分別爲 48、55 與 32 首，共135 首。〔註1〕然而兩處所收錄的詞作範圍重疊，《篋中詞》所收詞作主要集中於類集本的第一卷與第二卷，除了第一卷〈雙雙燕・綠陰詞同廉卿作，用梅溪韻〉（漸花事了）、〈長亭怨〉（看春老）以及第二卷〈玉樓春〉（青山日日）未收入之外，第二卷自〈丁香結・舟夜寄陶漢邀武昌〉（妝鏡人非）以下九首以及第三卷所有詞作，皆不在《篋中詞》的選錄範圍之內。《篋中詞》正集六卷編成於光緒八年（1882），《復堂類集》編成於光緒十一年（1885），是而可以推測類集本中的第三卷詞作應爲譚獻較爲晚期的作品，故未收入於《篋中詞》當中。又《篋中詞》所收之〈少年游〉（高樓煙鎖）一闋爲類集本所未見，是以統計譚獻《復堂詞》之詞作數量應共有 136 首。〔註2〕

〔註1〕此處所引用之《復堂類集》版本，收錄於《叢書集成續編》（臺北：新文豐出版社，1989 年），冊 161，《復堂詞》三卷内容爲頁 212 至頁 228。本章所引用之詞作内容，皆以此一版本爲據，故後文之引用僅於文中夾註卷數與頁數，不另出註。

〔註2〕黃曙輝有點校《復堂詞》一書，並於〈出版弁言〉中說明：「《復堂詞》有三本，一《復堂類集》本三卷，二《篋中詞》附本，三《清名家詞》本後兩均不分卷。《類集》本最全，《篋中詞》本所收爲《類集》前二卷之詞，刪去〈雙雙燕〉等十三首，多出〈少年游〉一首。

此外，《篋中詞》與類集本在詞作詞題上的紀錄有稍微的出入情形，如類集本第一卷〈洞仙歌〉（闌干瀲碧）、〈賀新郎〉（離思無昏）兩闋詞牌下並無詞題，而《篋中詞》中相同的兩闋詞作詞牌底下則分別有「積雨」、「和人」二字詞題；同卷〈踏莎行〉（玉樹微寒）詞題爲「畫柳」，而《篋中詞》題爲「畫屏」；又或第三卷〈訴衷情〉（離花澹白）有詞題「邨燕」，《篋中詞》則無。是故爲完整呈現譚獻《復堂詞》的內容，本章主要以《復堂類集》所收的詞作範圍爲底本，並與《篋中詞》相互對照，補足兩種版本在詞題上的出入，同時並參考朱德慈〈譚獻詞學活動徵考〉的詞作編年，針對譚獻的詞作題材內容分爲紀遊遣興、寄贈和答、詠物寫意以及詞圖題畫四種類別進行詞作之賞析，次以譚獻作詞所採用的詞調、用韻等偏好表現，來瞭解譚獻詞作的筆法技巧與風格特色。

第一節　詞作內容

一、紀遊遣興

譚獻爲浙江人，自入京多接友道，入閩七載之後，因官任縣令的關係而長年遊歷於安徽一帶，晚年則多往返於湖北與浙江兩處。譚獻的紀遊詞作，有旅途偶經風景名勝，或重返故鄉舊地重遊，或拜訪友人居處亭園，進而賦詞描寫一己之所見所感。其中譚獻於旅途途中藉由描寫山水景色，寓寄感觸興發的詞作，例如〈浣溪沙・舟次吳門〉：

《清名家詞》本似僅見《類集》前二卷，〈少年游〉一闋則據《篋中詞》補入。今以《類集》本爲底本，校正後收入《清代名家詞選刊》。」（上海：華東師範大學出版社，2010 年），頁 2。然筆者對照黃曙輝點校本與類集本所收錄之詞作內容，點校本則未見〈柳稍青・易仲實海天落照圖〉、〈摸魚兒・題陳容叔同年室葉雲霙夫人遺續用張鹿仙韻〉與〈百字令・秋感和榆園〉3 首詞作，共錄 133 首。故筆者以類集本原本收錄的 135 首詞作加上僅錄於《篋中詞》的〈少年游〉1 首，爲譚獻所有詞作之數量總計。

　　五十三橋未是長，水流不斷似迴腸，弄風帆影過吳江。

　　　玉枕啼痕猶昨日，翠樓人語已他鄉，眞愁強笑費商量。

（卷一，頁 215）

據朱德慈〈譚獻詞學活動徵考〉一文之編年，此詞應作於咸豐六年（1856）。此年譚獻隨萬青藜（藕舲，1821～1883）北覲入京，曾記言：「萬公北覲，乃挈余入都。已生汝殤兒。運河濡滯，舟行幾百日，賦詩日多，抵京師。」〔註3〕吳門在蘇州一帶，詞作首句中「五十三橋」則可知即指蘇州的吳門橋，南宋時期又稱作「三橋」，吳門橋的兩端各有五十階石階，其長度與高度爲蘇州古橋樑之最，更是出入蘇州所必經的渡津處。詞作上片描寫舟行途中經過蘇州所見之光景，吳江對映著吳門橋，其流水綿長又曲曲似迴腸，使得譚獻回憶起啓程出發前與妻兒離情依依的畫面，歷歷在目，猶在昨日，即使眼前當下已身在異鄉，卻仍不免流露出對於家鄉妻兒不捨的掛心。

　　光緒元年（1875），譚獻赴官安慶，舟行途中經過銅陵縣、采石磯、石城等名勝古地。七月廿二日，譚獻曾於日記中記載：「始泛秦淮。雖劫灰之餘，而山水古秀，目所未經。薄晚，薛師置酒李氏水榭。見曲中六七女郎，非復承平之盛，而六朝金粉，餘韻猶存。」〔註4〕是爲譚獻參加聚會的場景描述，而在此一背景下所賦作的詞作則爲〈桂枝香・秦淮感秋〉：

　　　瑤流自碧，便作就可憐，如許秋色。祇是煙籠水冷，後庭歌歇。簾波澹處留人景，裹西風、數聲長笛。綵旗船舫，華鐙鼓吹，無復消息。　　念舊事、沈吟省識。問曾照當年，惟有明月。拾翠汀洲密意，總成蕭瑟。秦淮萬古多情水，奈而今秋燕如客。望中何限，斜陽衰草，大江南北。（卷二，頁 221）

〔註3〕譚獻撰：〈復堂諭子書〉，收錄於《叢書集成續編》（臺北：新文豐出版社，1989 年），冊 60，頁 687。本章所引用之〈復堂諭子書〉，皆以此一版本爲據，故後續引文僅於文中夾註，簡稱〈諭子書〉並標註其出處之冊數與頁數。

〔註4〕《復堂日記》補錄卷二，頁 266。

日記中所言之「劫灰」，即指太平天國曾建都於南京一事。上片從
景色起筆，描寫秦淮江流碧綠，蕭索秋色使詞人興起悲憐情緒。「煙
籠水冷」二句，化用晚唐杜牧〈泊秦淮〉中：「煙籠寒水月籠沙，
夜泊秦淮近酒家。商女不知亡國恨，隔江猶唱後庭花。」又北宋王
安石晚年退居金陵時曾作〈桂枝香〉，詞中亦有「六朝舊事隨流水，
但寒煙衰草凝綠。至今商女，時時猶唱，後庭遺曲。」可見秦淮一
地雖然歷經朝代的時間轉移，然而文人賦作詩詞，抒發家國感慨的
情懷則同然未減。此次聚會於秦淮古地，已聽不見〈玉樹後庭花〉
此一靡靡之音，也看不見當時華燈綵船喧鬧繁華的景象，如今唯有
幾聲長笛劃破天際，嫋嫋秋風，使人倍覺寒冷。下片以「念舊事」
領起懷古，千古明月依然映照秦淮，「總成蕭瑟」引起詞人悲秋感
受。一江流水串連起古今往事，「秋燕如客」為「客如秋燕」之比
喻，使詞人旋折黯然傷今。自問眼前江水何限？江水默然不語，依
然逕自流向大江南北，詞人惆悵的感受隨著遍地衰草凋敝的景象猶
然而生。句末將此種撫今憶昔的無限感受隨著江水遠流，悠悠宕
開。趙伯陶《張惠言暨常州派詞傳》言此闋詞作之寫作背景：「這
首詞即寫於湘軍攻占天京後，城市之中一片荒涼的景象，令作者感
慨良多。」〔註5〕可知確實為譚獻游秦淮時，有感太平天國亂後景
象所賦作之詞作。

　　相對於〈桂枝香・秦淮感秋〉為譚獻身處異鄉有感太平天國舊
事所發之感慨，譚獻亦曾作詞描寫自身經歷此一離亂的深沉情懷。
太平天國自道光三十年（1850）崛起，咸豐三年（1853）建都於南
京，譚獻時年二十二歲，又居於浙江，自然對於當時的局勢有所關
切與反應，曾言：「武昌已陷，江甯為賊距，浙江戒嚴矣。」（〈諭子
書〉一，頁687）後因赴京兆試而離開家鄉，譚獻自咸豐八年（1858）
流寓於福建七年，因太平天國攻陷杭州而未能歸返，後又聽聞母親

〔註5〕趙伯陶著：《張惠言暨常州詞派傳》（長春：吉林人民出版社，2000
　　　年），頁373。

逝世仍不得歸。直至同治三年（1864）杭州克復，譚獻才得以返鄉，是言：「杭州既復，旅貲匱。乙丑春，始拮据歸里門。」（〈諭子書〉一，頁 688）回到久別的故里，對於眼前遭逢兵燹的景象，譚獻曾賦作〈一萼紅・吳山〉：

> 黯愁煙，看青青一片，猶誤認眉山。花發樓頭，絮飛陌上，春色還似當年。翠苔畔、曾容醉臥，聽語笑、風動畫秋千。一曲琴絲，十三箏柱，原是人間。　　細數總成殘夢，歎都迷蹤跡，只有留連。劫換紅羊，巢空紫燕，重來步步迴旋。盡消受、雲飛雨散，化胡蝶、猶繞舊闌干。不分中年到時，直恁荒寒。（卷二，頁 217）

吳山位於杭州西南西湖西畔一帶，上片起首寫景廣闊而沉鬱，詞人之情思也隨著眼前景色的推遠而逐漸回到往昔，翠苔青青，笑語盈盈，古箏一曲猶在耳際，想當時如此人間美景，卻都只成爲令人徒然流連追尋的殘夢迷跡而已。「紅羊劫」爲古時國家發生災難變亂的代稱，屬讖緯之說，詞中則指太平天國之亂；「紫燕」亦稱「越燕」，詞人以燕去巢空形容戰亂後人去樓空的蕭條景象，更自喻如同重返舊地而徘徊不忍離去的燕子一般，詞句至此充滿人事已非的淒涼感傷之情。而譚獻母親殉難於戰亂，譚獻當時又因礙於局勢危急未能歸鄉服喪，更言自己「不得爲人子」，如今燕子歸來卻只尋得空巢，也有譚獻對於喪母之事引以爲憾的沉痛感慨。

　　光緒三年（1877），譚獻赴奉歙縣縣令。對於此次的官職安置，譚獻曾說道：「檄權歙縣。新安大好山水，且近故鄉，差幸也。」[註6]流露出對於仕宦羈旅的無奈，卻仍以「去故鄉最近」（〈諭子書〉一，頁 688）慰藉己心。次年春，譚獻登臨歙縣城東之問政山，賦作一首〈大酺・問政山中春雨〉：

> 看舞榆低，絲楊綰，爭忍良辰拋擲。無端敲竹雨，響空階疑是，故人雙屐。枕濕罏寒，杯空劍鏽，吹鬢東風欺客。勞勞亭前路，便傷心不似，少年時節。者人遠多忘，書催

難好，付渠憐惜。　　泥塗遙望極，望中見、山外天空闊。
怕說與、鸎兒巧囀，蝶子輕翻。待相逢、翠幰將息。煖到
雙羅袖，曾記得、牽蘿顏色。更長笛、誰吹徹。梅瓣都墜，
容易緗英收拾。脆圓幾時薦席？（卷二，頁 221）

垂榆柳絲隨著東風的吹動而擺盪飄曳，竹篁幽林因雨滴的敲打而發
出清脆聲響，「空階」、「屐聲」皆在視覺與聽覺上襯托出詞人周遭的
寂靜氛圍。身爲來自他鄉的異客，詞人經過幾番離亭話別，幾次勞
碌前程，卻已經不似往昔般傷心，一句「杯空劍鏽」抒發一己空有
懷抱卻不得以伸展的鬱結心情，是出自對於現實的無奈。登臨遙望，
彷彿就能望見故鄉，李商隱有詩寫流鶯「巧囀豈能本無意，良辰未
必有佳期。」黃鶯鳴啼，蝴蝶飛舞，更觸發詞人的旅愁鄉思。「更長
笛、誰吹徹」則化用北宋王庭珪〈臨江仙〉中「誰家長笛怨，吹徹
玉樓寒」二句。薦席係指以草鋪於席下用以取暖的墊子，尾句以「幾
時」道出不知何日能重逢的不確定之感，眷戀故鄉之情猶甚，而僅
盼心中所惦記的對象能莫再道「人遠多忘，書催難好」，一同靜待相
逢佳期的來到。此時譚獻爲繼安慶之後，二度任安徽省內之縣令，
對於未來游宦羈旅的渺茫不定，如今安徽離鄉最近，藉由登山望遠
以解內心思鄉之情。

　　光緒十年（1884），譚獻任合肥縣令，並結識王尙辰（1826～
1902），曾言：「若王謙齋先生，名賢鉅學，著作大家，一見傾心，定
千秋金石之交。」（〈諭子書〉二，頁 689 下）可見譚獻慕名已久，並
幸而與之結識。王尙辰，字謙齋，又別號遺園主人，譚獻極爲賞識王
氏詩詞，曾選錄其詩作百十三首入《合肥三家詩抄》，更時有唱和，
譚獻曾於日記記曰：

謙齋老去填詞，吟安一字往往倚枕按拍，竟至徹曉，固知
惟狂若嗣宗乃爲至慎。予自來合州與謙齋交，改罷長吟，
奚童相望，兩人有同好也。〔註7〕

〔註7〕《復堂日記》卷六，頁 147。

對於王尙辰塡詞之琢磨講究，譚獻既感詫異又由衷敬佩，甚至更以魏晉名士阮籍形容其「狂」。譚獻曾作〈壺中天慢‧夏夜訪遺園主人，不遇〉一闋，即可見兩人在爲文賦詞上的同好與相知之情：

> 眉痕吐月，倚新涼羅袂，流雲棲暝。楊柳知門塵不到，記取羊求三徑。疊石生秋，餘葩媚晩，何地無幽景。先生舒嘯，結廬祇在人境。　　我是琴賦嵇康，依然病孄，即漸忘龍性。留得廣陵絃指在，無復竹林高興。裁製荷衣，稱量藥裹，況味君同領。清輝遙夜，碧天飛上明鏡。（卷二，頁223）

新月如眉，夜色涼爽，如此佳景使得譚獻興起造訪友人的念頭。古有蔣詡歸隱故里，舍中三徑，唯羊仲、求仲兩位廉雅高士從之，而今有譚獻對王尙辰的知音往來。「不到」一句，表示此次造訪未果，然詞人卻無一絲遺憾之意。「結廬祇在人境」引用陶淵明「結廬在人境」之詩句。下片起首詞人以嵇康自稱，顏延之〈五君詠‧嵇中散〉有「龍性難能馴」一句，指個性桀驁難馴，〈廣陵散〉亦與嵇康有關，「荷衣」爲隱士衣著，對照譚獻曾以阮籍比喻王尙辰，可見兩人在生活與心境上嚮往隱逸的契合。「稱量藥裹」至「碧天飛上明鏡」，則化用嫦娥奔月之傳說，也指詞人的道別歸去。尾句與首句相互呼應，交代詞人此次造訪的來去，情景渾然相融，充滿逸興雅趣。光緒十年（1884）譚獻曾於日記言道：「謙齋早飮香名，淮南文學有志節之士也……近歲且慕高談，漸進自然。」〔註8〕是爲譚獻對王尙辰個人品格風致的崇尙，同時透露時年五十三歲的譚獻對於隱逸高士形象嚮往的流露，也爲自己在游宦心境上的一種轉變。朱德慈先生則認爲：「滿清統治此時已如頹波難挽，不僅失去民心，而且也失去向作者這樣的基層官吏之心。」〔註9〕對照當時之環境背景，光緒十年與十一年分別爲中法戰爭與簽訂天津條約，而譚獻則流露欲偕友歸隱的心願，則可知身爲文人對於當時局勢的無奈。

〔註8〕《復堂日記》卷六，頁140。
〔註9〕朱德慈著：《常州詞派通論》（北京：中華書局，2006年），頁152。

譚獻之紀遊遣興詞作，藉由所見景致訴說男女離情、感懷古今舊事，或吟詠超逸軼事，風格多變。而從寫作時間上更可看出譚獻在身分與心境上的轉變，新娶為人夫，初為人父而感傷離別，身為子民遭逢兵燹而懷古傷今；又歷經會試未中，銜職小官，更為羈旅增添失意悵望，而到晚年又能以超然物外的心態與友道相互慰藉。抒發情感哀而不怨，情景相映，詞境幽遠深厚。

二、寄贈和答

《復堂詞》中以詞題表明為寄贈之作有〈丁香結・舟夜寄陶漢邀武昌〉、〈氐州第一・柬鄧石瞿四明〉、〈瑣窗寒・寄答葉蘭臺粵中〉、〈眉嫵・用白石戲張仲遠韻，柬邁孫〉等，數量雖然不多，但能從詞作中瞭解譚獻與交游之間的深厚情感。如〈瑣窗寒・寄答葉蘭臺粵中〉：

> 拂拭琴絲，徘徊鏡檻，與花俱老。單衫泥酒，片月入儂懷抱。向空梁、數殘漏聲，故心待寄綿綿道。者風吹笑語，望中還是，天涯芳草。　　春香，家山好。膳晚唱樵歌，倦雲淼淼。知音不見，枉憶旗亭年少。似行人、攀折去時，斷腸柳外迷晚照。恁荒涼、目送遙鴻，又說飛難到。（卷三，頁 227）

葉衍蘭（1823～1897），字南雪，號蘭臺，晚年歸里於廣州。譚獻日記中有「得葉蘭臺廣州書」〔註10〕、「得葉蘭臺粵華書院寄星海函」〔註11〕等紀錄，光緒二十三年（1897）八月十三日記載：「閱《申報》，知葉南雪翁已歸道山。此十年來未識面之老友，故逆知彼此暮年，相距遙遠，無相見期也。」〔註12〕兩人情誼深厚，譚獻更曾選其《秋夢庵詞》為《嶺南三家詞》之一。詞作首三句以人「拂拭」、「徘徊」等動作，帶出「與花俱老」時間緩慢流逝之感，而「數殘漏聲」卻又寫盡詞人「待寄」此一音書的急切心思。下片時空今

〔註10〕《復堂日記》續錄，頁 357。
〔註11〕《復堂日記》續錄，頁 375。
〔註12〕《復堂日記》續錄，頁 391。

昔交錯，樵歌詠唱，河水廣大在昔，而今知音不在，只能徒然回憶；
折柳話別，夕陽映照在昔，而今只剩荒涼。末句巧妙安排人與飛鴻
對話，一句「飛難到」道盡詞人與欲寄音書對象之間的阻隔遙遠。
綿綿情思，似未用力著色，而各自在一片天涯芳草、天際遙鴻的景
色當中，無限蔓延。

又若〈氏州第一・束鄧石瞿四明〉：

> 容易新霜，棲徧岸柳，青鬢照影都換。篁拂牀虛，塵凝鏡
> 閣，依約妝樓婉晚。前度斜陽，又冷照、闌干西畔。瑟柱
> 分明，琴絲掩抑，數聲來雁。　　蕉萃江關須作達。好禪
> 榻、閒中排遣。樹老人前，雲先夢去，說那堪留戀。向園
> 林、長望處，微醒後、花深砌滿。儻憶春前，本無花、簾
> 櫳罷卷。（卷三，頁225）

鄧濂（1855～1899），字似周，號石瞿，金匱人（今江蘇無錫）。光
緒十三年（1887）十一月十七日，譚獻曾於日記中寫道：「得金匱鄧
濂似周四明書。藻辭斐亹，寫情伊鬱，有六朝體格。鄧號石瞿。」
〔註13〕從文中四明（今浙江寧波）一地則可知譚獻此闋詞作應作於
同年。詞中藉由新霜、岸柳反覆消長與茂盛的情形，述說時間的流
逝，是故鏡中人青鬢亦換，逐漸老去。「牀虛」、「鏡閣」寫出詞中主
角孤寂空虛的生活樣貌，唯有依照當初的約定，才使得主角刻意妝
扮起自己，在日將西落之時於居室樓房守候；然而「又」字則可知
此次的期待又再次落空，即使斜陽映照，主角心境也僅感受到寒冷
而已。琴絃所彈出之曲調壓抑低沉，如泣如訴，又伴隨幾聲雁鳴，
可謂淒涼。下片首句之「蕉萃」即為「憔悴」，即使憔悴也該努力「作
達」，而「閒中排遣」則可見主角心境的驟然轉變。樹老暗指人老，
「雲先夢去」則指主角與所思之人不得相見的無奈，皆使主角漸生
無所留戀之感。「向園林、長望處，微醒後、花深砌滿」是為當時離
別的場景與回憶，「本無花」是主角將簾櫳拉下的藉口，實際上則是

〔註13〕《復堂日記》補錄卷二，頁326。

不再讓自己觸景傷情而已。譚獻以閨閣女子之樣貌描摹懷人之情思，情態細膩而婉約含蓄，是譚獻詞作的另一種風格表現。

譚獻有多首和答詞作，如〈長亭怨‧霜楓漸盡，書和廉卿〉、〈賀新郎‧和人〉、〈鳳凰臺上憶吹簫‧和莊中白〉、〈長亭怨‧燕臺愁雨和陶子珍〉、〈金縷曲‧和蒙叔〉、〈百字令‧秋感和楡園〉等。和答詞作雖爲宴集吟詠一類應酬性質的作品，但由於此類詞作在擇調、用韻以及內容方面多有限定，故更能凸顯詞人在詞作上的功力與才氣。此處舉譚獻和答詞作二闋，並引錄其原出詞作，以見譚獻在和答詞作上對於內容與用韻的講究。如陶子珍作〈長亭怨慢‧宣南坐雨獨理愁緒，邀越縵、復堂和〉：

> 惱絲雨、纏綿催冷。棟葉清陰，畫簾搖暝。玉簞銀牀，暗愁難似夢時醒。碧紗人靜。誰倚煖、紅檀鼎。待唾袖微熏，又卻戀、餘香猶膩。　　徧恨。者天涯舞絮，總與春心無定。蘭情水盼，解道是、鏡中花影。第莫憶、月夜箏絲，有攜酒、扶愁偷聽。怎奈得吹涼，紈扇將秋先省。〔註14〕

同治十三年（1874），譚獻和作〈長亭怨‧燕臺愁雨和陶子珍〉：

> 恁愁緒、鷓鴣嗁冷。滑滑天街，雨昏煙暝。潤到單衾，幾時成夢幾時醒。蚤蟬聲靜。偏獨自、偎金鼎。裹一縷餘香，乍記得、渠儂燒膩。　　卻恨。者珠歌翠舞，付與曲廊人定。妝臺鏡暗，記曾照、月痕星影。向客舍、浥徧輕塵，鎭蕭瑟、與君同聽。便去也吳孃，休唱一般思省。（卷二，頁220）

從陶子珍原作之詞題可知，寫作的地點在宣南，指京城西南宣武門以南一帶地區，當年譚獻赴第三次之會試。和詞者有譚獻與李慈銘（1830～1895）。詞中以雨景營造愁緒縈繞的氛圍。譚獻則以「愁緒」對應「絲雨」，鷓鴣啼聲悲切憂傷，觸惹詞人愁上加愁。眼前望見的天街

〔註14〕陶子珍撰：《蘭當詞》，收錄於《清代詩文集彙編》編纂委員會編：《清代詩文集彙編》（上海：上海古籍出版社，2012年），冊758，《蘭當詞》二卷附於《湘麋閣遺詩》四卷後，頁76。

市井由於籠罩在煙雨中，場景濕潤而幽暗。「潤到單衾」一句開始則
轉而聚焦於側寫詞中主角，因爲寒冷的關係，而輾轉難眠，睡醒反覆，
惱人的早蟬鳴聲曇時停歇，更襯托場景的寂靜。「渠儂」爲方言吳語
「他」的說法，可見詞中主角獨自依偎著金色鼎爐，思緒也隨著一縷
裊裊餘香，憶起心中所思念之人，而燒剩餘香，寫盡如今身邊無人陪
伴的孤寂心情。下片「卻恨」語氣轉重，周邦彥〈尉遲杯・離恨〉詞
中有「仍慣見、珠歌翠舞」，指主角回憶起當時在美妙的歌舞聲中與
君同定之心，然今日君已不在身邊，「妝臺鏡暗」只照得「月痕星影」，
暗指主角相思達旦，傷別離愁是其恨也。「向客舍」一句開始，轉爲
詞人的自我寫照，當年譚獻正於京城應赴第三次會試，故言是客。「便
去也吳孃，休唱一般思省」，則是詞人要歌妓莫再吟唱如上片中思婦
獨守空閨一般的哀愁怨慕歌曲，而與友人共同靜靜聆聽雨聲，共感雨
景之蕭瑟。

　　光緒十八年（1892），譚獻賦作〈百字令・秋感和榆園〉一闋，
榆園爲譚獻友人許增（字邁孫，1824～1903）之亭園。據本文所使用
之《復堂類集》版本，除錄有譚獻之和詞外，同時錄有「許增榆園原
作」一闋、「關棠寄默和作」一闋、「萬釗蘋波和作」兩闋與「劉炳照
語后和作」一闋，可知此次參與唱和者及其所賦之詞作內容。許增原
作〈百字令〉之內容爲：

> 雞人唱曉，者零星斷夢，無端喚醒。踏遍千山忘屐折，何
> 處游仙最穩。觱篥聲嘶，琵琶弦澀，古調無人聽。好收清
> 淚，袖羅重疊偷搵。　　曾記散髮騎鯨，十洲三島，容我
> 尋幽勝。只赤蓬瀛飛不到，錯字六州鑄定。搗麝成塵，磨
> 甄作鏡，萬事空花景。拂衣歸去，悄然塵念都冷。〔註15〕

譚獻之和作爲：

> 柳枝亡恙，奈已成秋苑，香殘酒醒。罨畫樓臺塵漠漠，梁
> 上燕巢怎穩。翠袖單寒，朱闌零落，風雨何人聽。曉鴉聲
> 亂，嗁痕誰與同搵。　　憶昔走馬章臺，流觴曲水，跌宕

〔註15〕此闋詞作附於譚獻〈百字令・秋感和榆園〉詞後，頁227～228。

> 爭豪勝。分付長繩牢繫日，海氣慌慌不定。田未成桑，鏡
> 先作雪，欲語徒憐景。斜陽餘燄，塘浦心事休冷。（卷三，
> 頁 227）

相對於許增原作「散髮騎鯨」、「十舟三島」、「蓬萊瀛洲」等充滿游仙隱逸思想，譚獻和作則糅合情景，對比昔歡今悲，以抒寫感秋而生之愁緒。詞作開首直寫現實景色，柳枝衰條，秋景蕭索，色彩鮮豔的樓臺籠罩在一片茫茫塵海之中，「梁上燕巢怎穩」、「風雨何人聽」、「嗁痕誰與同搵」連續三個問句，寫出詞人內心不安定之感，「單寒」、「零落」、「聲亂」等字詞之語調幽淒，念來處處成愁。走馬章臺，宴歌狎妓，曲水流觴，飲酒賦詩，跌宕不羈，競逐爭勝，皆是年少意氣風發之時的過往回憶。「長繩牢繫日」語出西晉傅玄〈九曲歌〉「歲暮景邁群光絕，安得長繩繫白日。」意指欲挽留過往風光，停止光陰繼續無情的流逝。海上霧氣恍恍惚惚，反映詞人當時對於國家局勢的憂慮心境，世事多變，而白髮卻在滄海變成桑田之前已先增添，欲訴滿腹悲愁，卻只能徒然憐惜眼前景色。最末二句為對照許增原作「拂衣歸去，悄然塵念都冷」二句而發，以「斜陽餘燄」映照，慰藉自己與友人「心事休冷」，表達出詞人心境上的提升與深厚的情意。

三、詠物寫意

　　詠物詞即指以某一特定事物為創作主題的詞作，而從單純描繪事物外在形體的體物，逐漸有詞人寓寄事物內在精神的託物。張炎《詞源》對於以「詠物」作詞的內涵與筆法說道：

> 詩難於詠物，詞為尤難。體認稍真，則拘而不暢；模寫差
> 遠，則晦而不明。要需收縱聯密，用事合題，一段意思，
> 全在結句，斯為絕妙。〔註16〕

認為詞人從事詠物詞作，無論是對於事物外在形體上的描摹敘述，或是內在精神上的寄託象徵，需達到平衡，不可偏一。詠物詞發展

〔註16〕張炎撰；夏承燾校注：《詞源注》（臺北：木鐸出版社，1987 年），頁
　　　　20。

至南宋張炎、王沂孫、姜夔等人的階段時，可謂成熟，《樂府補題》的出現也影響清代浙西詞派初期的詞作風氣；常派周濟亦言：「詠物最爭託意隸事處，以意貫串，渾化無痕，碧山勝場也。」〔註17〕皆爲對於詠物詞在取象與託意作法上的論述。

　　譚獻的詠物詞有〈角招・荷花〉、〈綺羅香・白蓮〉、〈木蘭花慢・桃花〉、〈訴衷情・邨燕〉、〈無悶・早雪〉、〈水調歌頭・東坡銅印〉等十一闋，今試舉詠花、詠燕、詠鏡各一，以了解譚獻詠物詞作的寫法與其所欲賦予表達的意義。如〈木蘭花慢・桃花〉：

> 過風風雨雨，尚留得、一叢花。便欲舞還停，如顰又笑，巷曲人家。胡麻。賺儂老去，者仙山一出是天涯。消受趁時勻染，靨邊片片朝霞。　　交加。照水一枝斜。鬢影誤年華。記渡江用楫，停辛佇苦，別夢都差。丹砂。漫尋句漏，向紅塵何處走雲車。只是輕衾小簟，從渠玉管金笳。
>
> （卷二，頁 221）

詞作開首以「過」字寫出桃花歷經幾番風雨，依然留得綻放的旺盛生命力，描寫桃花繁盛綻開的景象，而「欲」與「還」、「如」與「又」，以女子難以捉摸的行爲與心態來象徵桃花的妖嬈。胡麻即芝麻，南朝宋劉義慶《幽明錄》中有一傳說，言東漢劉晨、阮肇入天台山採藥，巧遇兩仙女以胡麻飯招待飲食，過半年，兩人歸返，卻發現世間已過三百餘年，人事皆非，詞中「仙山一出是天涯」則可知是爲化用此一典故。下片筆調轉爲抒情，以水映花，虛實交加，卻難掩雙鬢已隨光陰漸白的現實。「記」字寫起往昔回憶，東晉王獻之作有〈桃葉歌〉：「桃仙復桃葉，渡江不用楫，但渡無所苦，我自迎接汝。」桃葉渡即南浦渡，位於江蘇南京，檢閱譚獻詩作則有〈舟行九章・自江寧至全椒〉，對比詞作中「渡江用楫，停辛佇苦」，舟行飄泊，走走停停的情景，則可推測寫作時間約於光緒五年（1879）譚獻赴任全椒縣令之時。句漏即指句漏山（位於廣西），相傳葛洪曾在山中

〔註17〕周濟撰：《宋四家詞選・目錄序論》，《續修四庫全書》（上海：上海古籍出版社，2002 年），冊 1732。

冶煉仙丹，言欲漫尋仙人蹤跡卻「向紅塵」，不能脫離世俗名利的牽
掛，又何以能登上仙人乘輿？故言「何處走雲車」。最後既寫桃花也
寫詞人自己，「渠」在吳地方言中為「他們」的意思，意指詞人與桃
花相伴，聆聽他人吹奏管笳樂調，尾句玉管金笳皆為樂音高昂的管
樂器，以聲作結，餘音猶在耳際，悠悠流露詞人心中之悲愁。譚獻
借詠桃花，欣羨桃花「過風雨雨、尚留得」的姿態，對比如今自己
「仙山一出是天涯」，寫盡譚獻不得不面對世俗現實，走上飄泊宦途
的無奈感受。

又如〈訴衷情・邨燕〉：

> 梨花澹白自成邨，花下不開門。春愁更與誰道，憑燕話黃
> 昏。　　簾乍卷，覓巢痕，與銷魂。問伊求處，綠草天涯，
> 有箇人人。（卷二，頁 222）

唐人劉方平〈春怨〉有「寂寞空庭春欲晚，梨花滿地不開門。」譚獻
則寫「花下不開門」以消去梨花飄落的動態感，改寫花團簇放而卻無
人開門來欣賞的寂寞景象。無人可訴春愁，庭院裡只有燕子黃昏歸巢
時的鳴叫聲，更烘托場景寂靜之感。下片開首則以「捲簾」、「尋覓」，
表現詞中主角心中有所期待的狀態，然而卻只覓得巢痕，「銷魂」意
指主角的心思如同不見蹤影的燕子消失一般。而至於去了哪裡，詞末
則以「綠草天涯，有箇人人」回應，指其心思已飄隨至意中人的身邊。
此闋詞作雖以燕為主題，卻筆筆描寫閨怨女子身處空閨，以燕子能自
由飛翔，燕侶相隨的形象，襯托主角與所思之人兩地分隔，為情感傷
的無限憂思。

光緒十一年（1885），譚獻曾為王尚辰賦作〈滿江紅・潘十二辰
鏡和謙齋〉一闋，日記中亦曾有記載：

> 數年前合肥東郭有人掘地得古鏡，謙齋得之，以示予。色
> 如綠玉，紐旁十二辰。外闌銘曰：「尚方作竟真大巧，上有
> 仙人不知老。渴飲玉泉飢食棗，浮游天下敖四海。受敝金
> 石，長保二親子孫。」篆文麗茂，為省筆太甚，然絕非後

世仿造也。〔註18〕

譚獻於日記中記錄王尙辰此一古鏡的來歷，古鏡即指古銅鏡，中國傳統的古銅鏡雕飾華麗，背面多刻有龍鳳、四神等神獸紋或銘文，並有一紐用以懸掛或作爲與鏡架銜裝安置所用，不僅爲照面工具，亦成爲收藏珍品。從日記中可見譚獻所見之古鏡顏色「色如綠玉」，飾有「十二辰」，以及鏡欄外圍上有題銘文字，而此段對古鏡的敘述則可與譚獻的詞作內容相互對照來看：

> 天上人間，難得此、長圓明月。羌付與、舞鸞羞影，涼蟾惝齧。耐冷不隨孤劍化，拂塵渾似輕綃滑。更扣來、碧玉一聲聲，眞尤物。　　興亡過，情先竭。文字古，磨還減。喜沈霾無恙，尙方珍跡。十二辰中鉛有淚，千年劫後鴻留雪。奈鏡邊、心事笑噱難，何堪說。（卷二，頁223）

上片描寫古鏡外觀，「舞鸞」引用罽賓王養鸞鳥，欲其鳴而懸鏡照之的典故借指古鏡，「涼蟾」則指秋月。以鏡喻月，意言古鏡恆常圓亮，勝過人間所見的天上明月，故言「天上人間，難得此、長圓明月。」而「冷」、「滑」二字分別以溫度和觸感描摹古鏡質地，又以聽覺狀寫扣擊古鏡之聲清脆如玉。下片則藉物抒發感慨，先描述古鏡歷史悠長，以「興亡」、「竭」、「滅」等字詞，代表時代的輪替更迭，然而古鏡經過長時間的湮沒掩埋，卻仍安然無恙至於今日，確實爲尤物珍跡也。詞人又復以「鏡在人非」道出今昔的時空隔閡，而「十二辰中鉛有淚，千年劫後鴻如雪」分別化用唐李賀〈金銅仙人辭漢歌〉中「憶君清淚如鉛水」與蘇軾〈和子由澠池懷舊〉中「恰似飛鴻踏雪泥」二句，皆有人事已非，撫今憶昔之意。鏡前人有重重心事，卻難以向外人道，唯有眼前的鏡子眞實反映著歡笑或悲泣的樣貌，「何堪說」一句道盡人生滄桑無奈，淒然而罷。

四、詞圖題畫

　　題畫詞的創作概念與意趣乃由題畫詩衍伸而來，即以畫作的內

〔註18〕《復堂日記》卷六，頁146。

容爲題旨名目，將所賦作之詩詞直接提寫於圖畫旁，或另外集結收錄於文集當中。吳企明、史創新《題畫詞與詞意圖》一書中對於「題畫詞」的解釋爲：

> 詞人爲他人的畫題寫一首詞，或則描繪畫面具象，再現畫境，純寫畫面，將繪畫美轉化爲詞意美；或則前闋寫畫面，由畫面具體切入，後闋發表觀畫感慨，申發、補充畫意，抒寫賞畫人的生活體驗，審美感受和思想情感；或則以畫題爲由頭，很快跳出畫面，生發感慨；或則托物寓志、遺貌取神，書寫詞人的種種心態、胸懷與情思。〔註19〕

可以知道題畫詞融合文學與圖畫兩方面的創作互動，從觀畫的角度寫詞作，以文字描寫圖畫內容，或是借以抒發感觸。而從文人對同一幅圖畫作題畫詞的現象來看，可以知道題畫詞不僅爲文人個人對藝術鑑賞的感受與表現，亦有著文人群體酬答唱和的性質與目的。

《復堂詞》中的題畫詞作有 24 首，其中〈復堂塡詞圖〉則是以譚獻爲主角的圖畫，除了譚獻賦有原詞外，《篋中詞》亦錄有其他詞人的和答詞作。譚獻以友人爲圖畫主角的題畫詞作如〈臺城路‧題何青耜先生白門歸櫂圖〉：

> 三山二水渾蕭瑟，秋隨斷鴻來去。玉佩前塵，舠梭昨夢，吹墮蒼煙淒楚。花開背檻。指白下門前，夕陽多處。葉葉輕帆，客心搖曳遽如許。　　沈吟今雨舊雨，記淮流月映，歌罷金縷。故國周遭，空城寂寞，眼底滄桑重數。西風問渡。恁老倦津梁，柳枝非故。詞筆依然，寫愁無一語。（卷三，頁 224）

何兆瀛（1809～1890），字通甫，號青耜，江蘇上元（今江寧）人。光緒十三年（1887）譚獻曾於日記中寫道：「謁上元何青耜先生。自粵東解鹺使任，作寓公杭州。八十耆英，聰明如少壯。接襆論文，如入古圖畫。」〔註20〕何青耜解任廣東鹽運使後，僑居杭州，可知譚獻

〔註19〕吳企明、史創新編著：《題畫詞與詞意畫》（昆明：雲南人民出版社，2007 年），頁 8。
〔註20〕《復堂日記》卷七，頁 166。

此闋詞作應作於何青耜返杭前後。詞中開首「三山二水」呼應詞題之「白門」，即指江蘇南京一帶；斷鴻孤雁，山水蕭瑟，則爲譚獻所描述之圖畫秋色。「玉佩」、「觚棱」爲任官與宮闕的象徵，對比如今歸舟所見之煙水蒼茫，仕宦生活已成往事，故言猶如前塵昨夢。江面隨著船槳擺盪而激起水花，爲靜態的圖畫增添動態的想像；「白門」亦指江蘇南京一地，「夕陽多處」、「葉葉輕帆」描繪出夕陽映照江水上點點船影的廣闊景象。下片自「沈吟今雨舊雨」以至「眼底滄桑重數」數句寫舟上行客細微的動作，以銜接上片最末句「客心搖曳遽如許」之心境。雨、月、淮流等自然景色自古以來皆未變，然而歷史故國已成寂寞空城，眼前所見與心中所感皆爲一片滄桑。秋風拂來，似問行客欲前往何處，行客則以「老倦」、「楊柳非故」似言往昔話別與今日倦歸的心態已截然不同。末兩句合作「詞筆依然無一語寫愁」，可視爲譚獻從圖畫中所得的感受以及同時對於何青耜的評價敘述。

又或以歷史人物爲畫象主角之題詞，如〈虞美人・題李香君小象〉：

> 東風冷向花枝笑，轉眼花枝老。澹煙依舊送南朝，留得美人顏色念奴嬌。　　天涯一樣文章賤，公子時相見。酒杯傾與隔江山，山下無多楊柳不堪攀。（卷三，頁226）

李香君爲明代秦淮八大名伎之一，清人孔尙任更以李香君與侯方域之男女情事寫作《桃花扇》，同時反映南明興亡之史事。東風爲春風，卻「冷向」花朵初綻的枝頭嘲笑，可見以花喻人，又花與人俱老，言美人青春隨光陰流逝，故覺「冷」。「南朝」則以借代南明，淡煙依舊籠罩，言在繁華之下卻又難掩不穩定的局勢氛圍，「念奴嬌」似指美人顏色嬌艷，又似指婉約美人唱豪放歌詞以示心志。下片寫過往回憶，「天涯一樣文章賤，公子時相見」指兩人分別爲歌伎與文士，因吟詩詠詞而相逢相見，如今欲傾杯對飲，兩人卻已距離遙遠如「隔江山」，美人心中萬般感慨，是言「山下無多楊柳不堪攀」，同時亦指自己不堪多次話別的悲愁心緒。此闋詞作以李香君畫象爲主題，

譚獻以其觀畫的感受與想像，描摹畫中人物的心思，故詞筆以女子口吻而爲。

　　譚獻有〈復堂塡詞圖〉，並爲此圖題作〈摸魚兒・用稼軒韻自題復堂塡詞圖〉一闋：

> 唱瀟瀟、渭城朝雨，輕塵多少飛去。短衣匹馬天涯客，遙見亂山無數。留不住。又只恐、飄零長劍悲岐路。舊時笑語。待寄與知心，被風吹斷，曉夢託萍絮。　　瑤琴上，曲調金徽早誤。深宮人復誰妒。一絃一柱華年賦，但有別情吟訴。鴝鵒舞，已草草、青春紅袖歸黃土。斜陽太苦。獨自上高樓，迷離望眼，不見送君處。（卷二，頁222～223）

詞作首二句從王維〈送元二使安西〉「渭城朝雨浥輕塵」推衍而出，〈渭城曲〉曲唱送別，在瀟瀟細雨中流露離別之愁。「短衣匹馬」描寫士兵形象，一出陽關，便成天涯客，「無數亂山」、「長劍飄零」則藉景和物描寫主角心境。想起舊時歡樂場景，更添今日獨自赴上岐路之悲苦，欲寄相思卻被風擾斷，只好將思念之情託付夢中如萍絮般短暫的片刻相聚。下片則換寫女子的角度與場景，「金徽」指琴上以金屬鑲製用以指示音位的調音用具，而如今瑤琴樂音不準，可見女子已無心思撫琴奏曲，也無意計較深宮有誰妒忌自己紅顏。「一絃一柱華年賦」化用李商隱〈錦瑟〉中「錦瑟無端五十絃，一絃一柱思華年」詩句，言思君之情已無法僅用樂音傳達。鴝鵒即指八哥鳥，《晉書・謝尚傳》言謝尚擬八哥鳥姿態而舞，「俯仰屈伸，旁若無人」，又稱鴝鵒舞，此處似言在舞蹈中女子的青春光陰也逐漸慢慢流逝。日近黃昏，女子獨上高樓，欲望見心中所思念之人，「迷離」若寫女子因淚眼而「不見望君處」，「苦」字則爲移情，女子眼中所見即爲心中所感，而也似爲譚獻爲自己一生多奔波於游宦的心境感發。

　　光緒十五年（1889），譚獻於日記寫道：「藍洲爲予畫〈塡詞圖〉寄至。筆情隱秀，當壓卷也。」〔註21〕藍洲爲陳豪（1839～1910）

〔註21〕《復堂日記》補錄卷二，頁336。

之字，與譚獻同爲浙江仁和人，工詩畫；又光緒二十六年（1900）
日記記載：「蒲作英畫〈復堂塡詞圖〉見貽。」〔註22〕蒲作英（1831
～1911）即蒲華，是清代海上畫派的代表畫家之一，是而可知譚獻
有兩幅〈復堂塡詞圖〉。然而筆者經過搜尋，發現光緒十六年（1890）
吳昌碩（1844～1927）亦曾繪製〈復堂塡詞圖〉，但譚獻日記中僅
有「爲安吉吳倉碩詩稿題句」〔註23〕、「吳倉石來談，出新詩一卷，
屬審定。」〔註24〕等與吳昌碩的詩文來往紀錄，並未提及任何關於
吳昌碩〈復堂塡詞圖〉一事，然尚可推測〈復堂塡詞圖〉應有三幅。

　　譚獻不僅爲〈復堂塡詞圖〉作圖畫詞，更於《篋中詞》續集第二
卷中選錄鄧潯〈摸魚兒・用稼軒韻題復堂塡詞圖〉與許增〈菩薩蠻・
題復堂塡詞圖〉兩闋和題詞作，內容分別爲：

> 聽聲聲、鷓鴣喚雨，班騅江上休去。綠陰換盡天涯樹，忍
> 把華年重數。君且住。看門外、關山河處非岐路。紅襟寄
> 語。奈説盡飄零，春風不管，身世逐飛絮。　　蛾眉好，
> 翻使嬋娟耽誤。東鄰莫更相妒，金徽本是無情物。一點琴
> 心誰訴。翹袖舞，怕橘佩、珊珊容易淹塵土。相思最苦。
> 便結就同心，西陵松柏，也是可憐處。〔註25〕

> 迷濛稗柳春將半，隔花春遠天涯遠。誤了踏青期，紅鵑盡
> 日喚。　　千金誰買賦，那有旁人妒。都道不如休，花飛
> 樓上愁。〔註26〕

前闋從鄧潯所使用的詞牌與步韻方式，明顯是爲對譚獻的原題畫詞
作進行和答，除了其中「金徽本是無情物」未符合原作押「賦」字
的步韻規則外，其語調與詞中「岐路」、「金徽」等用字以及詞作意

〔註22〕《復堂日記》續錄，頁409。
〔註23〕《復堂日記》補錄卷二，頁325。
〔註24〕《復堂日記》補錄卷二，頁344。案：吳昌碩本名吳俊卿，昌碩、昌
　　　　石皆爲其字，別號苦鐵，譚獻於《復堂日記》中又記爲「吳倉石」、
　　　　「吳倉碩」或「吳滄石」。
〔註25〕《篋中詞》今集續二，頁482～483。
〔註26〕《篋中詞》今續續二，頁483。

境等，與譚獻詞作內容多有呼應；後闋許增詞作的意境同樣主要在描寫離別思念之情，對於圖畫實際的描繪內容並未加以描述。然而從《篋中詞》編選的時間推測，兩闋詞作應作於光緒十三年（1886）以後，又鄧濂卒於光緒二十五年（1899），是可從而判定譚獻、鄧濂與許增所言之〈復堂塡詞圖〉非指蒲作英所繪製的一幅。

魏新河《詞學圖錄》一書錄有吳昌碩所繪之〈復堂塡詞圖〉，其畫卷爲橫式長幅，整體畫幅正面右側題寫「復堂塡詞圖」，中間圖畫部分右側題有「復堂詞料太淒迷，滿眼靡蕪日影低。茅屋設門空掩水，柳根穿壁勢拏西。倚聲才大推紅友，問字車縶碾白堤。最好西湖聽按拍，櫓聲搖破碧波瓆。　苦鐵又題。」圖畫左上側又題有「煙柳斜陽塡詞圖　復堂先生命寫　庚寅二月吳俊卿宴滬上」等字〔註27〕。樊增祥（1846～1931）另作有〈譚仲修塡詞圖敍〉，文曰：

> 若夫兩版衡門，數椽水屋，藝荷十畝，種柳千行。納山翠
> 於簷間，搖朱欄於波底。樓前脂水長照金釵，窗裏書燈遠
> 疑漁艇，其中有詞人焉。前身白石，侍者朝雲，錢王祠畔，
> 錦樹爲林。西子湖邊，煙波繞宅。〔註28〕

敍文中所敍述之景象與吳昌碩所繪之圖畫意境極爲相似，而吳昌碩又將〈復堂塡詞圖〉名爲〈煙柳斜陽塡詞圖〉，是爲引用辛棄疾〈摸魚兒·淳熙已亥，自湖北漕移湖南，同官王正之置酒小山亭，爲賦〉中「休去倚危欄，斜陽正在，煙柳斷腸處」詞句，而譚獻所作〈摸魚兒·用稼軒韻自題復堂塡詞圖〉，所使用的詞牌與步韻方式亦以辛棄疾之〈摸魚兒〉爲依據，是以可見譚獻所題之〈復堂塡詞圖〉應指吳昌碩

〔註27〕魏新河編著：《詞學圖錄》（合肥：黃山書社，2012 年），冊 6，頁 1800。書中所錄之圖名爲「〈煙柳斜陽塡詞圖〉（吳昌碩繪）」，並附有局部放大圖。圖中猶可見整體畫幅左側另有四處題圖文字，然而由於難以辨識圖中之字體內容，故此處暫以放大圖中可辨識之文字爲引文依據。

〔註28〕樊增祥撰：《樊山集》，收錄於《清代詩文集彙編》編纂委員會編：《清代詩文集彙編》（上海：上海古籍出版社，2012 年），冊 762，卷 23，頁 395。

所繪作的一幅。

　　然而由於題畫詞未必盡在敘述圖畫描繪之景象，有時詞人藉由其他事物的描寫，婉轉抒發內心較爲晦澀的心思感受，如譚獻與鄧濂詞作中皆在描寫男女離別相思之場景與心境，與圖畫中煙柳斜陽、茅門、西湖等景色有著極大的出入，是而造成判斷圖畫與詞作是否有直接關聯的隔閡問題。本文僅先就譚獻日記與《篋中詞》之相關資訊，從時間範圍排除蒲英之填詞圖，進而從譚獻與鄧濂題圖詞作中詞牌、用韻等形式線索，推測兩人所指之〈復堂填詞圖〉應爲光緒十六年（1890）吳昌碩所繪製；然而是否有其他關於〈復堂填詞圖〉留存的相關紀錄，又或他人之和作是否爲針對同幅圖畫而作等問題〔註29〕，則需進行更廣泛的資料搜尋，本文暫不於此繼續深入探討，留待日後考證。

第二節　詞作技巧

　　譚獻《復堂詞》三卷共有 136 首詞作，除了可以從詞題、詞序以及相關詩文等資訊了解譚獻的作詞背景之外，亦能以擇調情形作爲進行譚獻詞作技巧與風格分析整理的依據。鄭騫先生曾對於「詞調」的分類如此說明：

> 詞調有短有長，短的叫作令，長的叫作慢，通稱則爲小令、長調。二者的區別並沒有固定的字數，大概七八十字以下即是小令，八九十字以上即是長調。而且令慢之別並不全在字之多少。明人在小令長調之外，加入所謂中調，並未對三者的字數作嚴格區分，其說也還可用。清初有人強分「五十八字以內爲小令，五十九字至九十字爲中調，九十一字以外爲長調」，則是穿鑿附會，於古無據的說法，不足憑信。〔註30〕

〔註29〕如繆荃孫《碧香詞》中有〈水龍吟‧題譚仲修復堂填詞圖〉、況周頤《第一生修梅花館詞》中有〈南浦‧題譚仲修丈斜陽煙柳填詞圖〉。
〔註30〕鄭騫著：《從詩到曲》（臺北：順先出版公司，1982 年），頁 96。

鄭騫先生主要將詞調分爲小令與長調二類，文中所謂「清初有人」以字數區分詞調者，即指毛先舒（1620～1688），然而此種以字數劃分小令、中調與長調三類的說法，也曾受到萬樹的反駁（1630～1688）。筆者以鄭騫先生對於詞調分類的方式，進而對照譚獻《復堂詞》中使用詞調的頻率，以下列簡表方式呈現：

	卷 一	卷 二	卷 三	總 計
小 令	32	22	14	68
長 調	17	33	18	68

　　從簡表中可見卷一以小令 32 首最多，然自卷二至卷三的數量則逐漸變少；卷二中有長調 33 首，明顯多過於卷一及卷三的數量。而將小令與長調在各卷出現次數作一總計，則可發現數量相同，可知《復堂詞》136 首詞作中所使用的小令及長調頻率各半，相當平均。

　　而詞牌使用方面則以〈蝶戀花〉11 闋爲最多，〈浣溪紗〉5 闋次多，復以〈菩薩蠻〉、〈浪淘沙〉、〈金縷曲〉、〈虞美人〉與〈謁金門〉各 4 闋爲較爲常用之詞牌。長調詞牌雖多僅作一首，然而種類繁多，其中〈西河・用美成金陵詞韻，題甘劍侯江上春歸圖〉爲唯一賦作三疊之詞作，從擇調使用頻率的情形可知譚獻在作詞上取向的改變。

　　詞人的擇調取向與詞牌使用方式有著極爲密切的關係，在譚獻《復堂詞》中有某些較爲集中創作的現象，則可分別從詞調、用韻，以及詞句化用三種，對譚獻作詞的筆法技巧進行分析與認識：

一、轉用長調，多擇別名

　　從《復堂詞》三卷詞作的擇調情形，可以得知其小令與長調的使用頻率各自約佔所有詞作的一半，但相對於小令在卷一至卷三中使用次數逐漸減少的現象來看，譚獻在卷二轉而使用長調的情形則特別明顯。進一步從《復堂詞》三卷編排的順序來推測譚獻轉向偏好使用長調的原因，卷二詞作的寫作背景集中於譚獻游宦各地的時期，而長調字數較多，適合鋪敘，聲調也較爲慷慨激昂，對於情感的抒發有著相

輔相成的作用，故轉用長調之因可推測與譚獻當時的遭遇有著一定的關聯性。

　　而《復堂詞》中又常見譚獻使用同調異名作詞的現象，如長調詞牌〈賀新郎〉作 2 闋外，又以同調異名的〈金縷曲〉作 4 闋。據謝桃坊《唐宋詞譜粹編》對〈賀新郎〉此一詞調的分析：「雖用仄聲韻，但氣勢流動，句式豐富而富於變化，因前後兩結句為兩個三字句，又使此調於結尾處將詞情推向激切之高潮。」〔註31〕而試以對照譚獻〈金縷曲·唐鄦月夜懷勞平甫〉中前後結句分別為：「春去也，惜遲暮。」、「哀與樂、等閒度。」雖無激切之情，但卻有言而未盡的惆悵感。

　　另外如〈齊天樂〉一調，譚獻除了用〈齊天樂〉作 2 闋外，又以同調異名的〈臺城路〉作 1 闋，謝桃坊《唐宋詞譜萃編》則言此調：「宋人用此調者甚眾，尤為南宋婉約詞人所喜用。」〔註32〕；或如〈念奴嬌〉有別名為〈百字令〉與〈壺中天慢〉，譚獻則用〈百字令〉作 2 闋、〈壺中天慢〉作 1 闋，謝桃坊《唐宋詞譜萃編》認為此調：「自蘇軾始詞為懷古之作惆悵雄壯，風格豪放，故此調多為豪放詞人所用。」〔註33〕

　　而由於大部分的詞牌除了有正格的體例之外，亦有「又一體」等不同格式，如〈齊天樂〉2 闋，譚獻皆以周邦彥（綠蕪凋盡臺城路）前後片各五仄韻為體；而〈臺城路〉則用吳文英（麴塵猶沁傷心水）前後片各五仄韻與六仄韻為體。故可從譚獻使用同調異名以及詞調體例兩樣作詞方式，大略了解譚獻對於詞作格律的運用與擅長。

二、和前人韻，謹守諧韻

　　《復堂詞》中有多首和韻詞作，在本章第二節中寄贈和答詞作的部分已有探討，然而譚獻有多首和前人韻之詞作，並以遵循詞作

〔註31〕謝桃坊：《唐宋詞譜粹編》（成都：四川人民出版社，2010 年），頁174。

〔註32〕謝桃坊：《唐宋詞譜粹編》，頁 154。

〔註33〕謝桃坊：《唐宋詞譜萃編》，頁 138。

原韻字之先後順續的次韻方式爲主，如〈雙雙燕‧綠陰詞同廉卿作，
用梅溪韻〉（漸花事了）次韻史達祖〈雙雙燕‧詠燕〉（過春社了）；
〈尉遲杯‧西湖感舊，周韻，同潘少梅丈作〉（平隄路）次韻周邦彥
〈尉遲杯‧離恨〉（隋堤路）；〈瑣窗寒‧連夕與子珍步月，秋心縐綿，
感賦此解，用玉田韻〉（淺酌吟香）次韻張炎〈瑣窗寒‧旅窗孤寂，
雨意垂垂，買舟西渡未能也。賦此爲錢塘故人韓竹閒問〉（亂雨敲
春）；〈綺羅香‧題李愛伯戶部江沅秋思圖，用梅谿韻〉（草瘦芳心）
次韻史達祖〈綺羅香‧詠春雨〉（做冷欺花）；〈西河‧用美成金陵詞
韻，題甘劍侯江上春歸圖〉（江上地）次韻周邦彥〈西河‧金陵懷古〉
（佳麗地）。

　　此外，譚獻另有未說明爲和韻之詞作，但仍可從其內容的韻字使
用情形，找尋其和韻之依據，如〈一萼紅‧愛伯桃花勝解庵填詞圖〉：

　　　畫陰陰，待題等昵酒，華髮謝冠簪。歌管東風，星霜別夢，
　　　前事都付銷沈。黛眉淺、厭厭睡損，又喚起、簾外怨春禽。
　　　杏子單衫，梨花雙鬢，愁到而今。　　猶有平生詞筆，只
　　　空枝細草，日日傷心。木末關河，雲中殿閣，風雨無伴登
　　　臨。願重倚、如人寶瑟，數絃柱、芳歲共侵尋。記得班騶
　　　繫門，一寸花深。（卷二，頁 220）

從詞作中所使用的韻字情形，則與姜夔所作之〈一萼紅〉有諸多相同
之處：

　　　古城陰，有官梅幾許，紅萼未宜簪。池面冰膠，牆腰雪老，
　　　雲意還又沈沈。翠藤共、閒穿徑竹。漸笑語、驚起臥沙禽。
　　　野老林泉，故王臺榭，呼喚登臨。　　南去北來何事？蕩
　　　湘雲楚水，目極傷心。朱戶黏雞，金盤簇燕，空歎時序侵
　　　尋。記曾共、西樓雅集，想垂柳、還嫋萬絲金。待得歸鞍
　　　到時，只怕春深。

譚獻於詞作中使用兩種和韻方式，一爲次韻，如上片「陰」、「簪」、
「沈」、「禽」與下片「心」、「深」，皆按照姜夔原詞作之韻腳的次序
和韻；二爲依韻，如上片末句之「今」、下片第六句之「臨」與第十

句之 「尋」，雖與原作韻字次序不同，但仍使用同韻部之韻字，巧妙地達到和韻的準則。

從譚獻和前人詞作韻腳或韻部的方式，可以從中分析譚獻對於周邦彥、姜夔、史達祖以及張炎諸位詞人詞作的欣賞，而和韻亦須對於原始詞作的意境與韻律有所領略與體會，在一定的熟悉程度之下方能仿效得宜、運用自如，故其作詞的態度與詞風的趨向，亦可見一斑。

三、化用詩詞，鍛鍊字句

譚獻詞作中有多處化用或引用詩文詞句的情形，此處列舉一些譚獻經過化用或引用之詞句，並與其所引用化用之詩詞出處作一相互對照。

1. 〈菩薩蠻〉：「朱絃掩抑聲如訴。」化用白居易〈琵琶行〉：「絃絃掩抑聲聲思，似訴平生不得志。」

2. 〈長亭怨·霜楓漸盡，書和廉卿〉：「曾目送、春風去。」化用賀鑄〈青玉案〉：「但目送、芳塵去。」

3. 〈南浦·送別〉：「傷別復傷春。」引用李商隱〈杜司勛〉：「刻意傷別復傷春。」

4. 〈浣溪紗〉：「昨夜星辰昨夜風。」引用李商隱〈無題〉：「昨夜星辰昨夜風，畫樓西畔桂堂東。」又「碧花桃下一相逢」化用劉辰翁〈西江月〉：「碧花桃下醉相逢。」

5. 〈蝶戀花〉：「庭院深深秋夢斷。」、「庭院深深人悄悄。」化用歐陽修〈蝶戀花〉：「庭院深深深幾許。」

6. 〈角招·荷花〉：「歎綠鬢、消磨尊酒。」化用黃庭堅〈雜詩七首〉：「世事消磨綠鬢疏。」

7. 〈摸魚兒·用稼軒韻自題復堂塡詞圖〉：「一絃一柱華年賦。」化用李商隱〈錦瑟〉：「一絃一柱思華年。」

8. 〈壺中天慢·夏夜訪遺園主人，不遇〉：「結廬只在人境。」引

用陶淵明〈飲酒〉：「結廬在人境。」

9.〈水調歌頭・漢龍氏鏡爲遼園賦〉：「月在天邊圓缺，珠有人間離合。」化用蘇軾〈水調歌頭〉：「人有悲歡離合，月有陰晴圓缺。」

10.〈眞珠簾・題吳子述春眠風雨圖〉：「樓外雨潺潺。」化用李煜〈浪淘沙〉：「簾外雨潺潺。」

11.〈水調歌頭・東坡銅印〉：「明月幾時有。」引用蘇軾〈水調歌頭〉：「明月幾時有。」

從以上所列舉譚獻詞作中化用或引用其他詩詞的例子來看，化用是將相同或類似的意境，重新以另一種文字排列或錘煉的方式表達；引用多爲將原本的文字詞句原封不動地使用於自己的作品當中，藉以傳達相同意境。而從譚獻曾評論李煜〈浪淘沙〉（簾外雨潺潺）爲「雄奇幽怨，乃兼二難。」〔註34〕又或曾於評論他人詩文時說道「師法義山，純用唐調。」〔註35〕皆可見譚獻對於自己所引用或化用詩詞文句的詞人的賞識。

第三節　詞作風格

從《復堂詞》三卷的詞作內容來看，在第一卷小令的使用數量可以知道譚獻早期多作小令，而內容多寫閨怨，如卷一有〈菩薩蠻〉詞組四闋：

綺窗香暖屏山掩，菱花半照愁蛾斂。繡線怯衣單，鵑啼風雨寒。　　遠山眉翠薄，素靨輝珠箔。紅袖倚花枝，亭亭三五時。

象牀觸響釵梁鳳，嬌鶯喚斷春閨夢。裙衩映垂楊，曾驚游冶郎。　　一從春色去，玉貌渾非故。夫婿是浮雲，愁風

〔註34〕周濟編：《宋四家詞、詞辨附介存齋論詞雜著》（臺北：廣文書局，出版年不詳），其中《詞辨》部分爲譚獻所評，引文出自此一版本之《詞辨》卷二，頁2

〔註35〕《復堂日記》卷二，頁53。

愁水頻。

深宮柳色慵眠起，章臺夾道車如水。付與可憐春，房櫳藏
玉人。　　綠苔緣砌上，燕啄銅鋪響。殘醉醒還迷，門前
聞馬嘶。

朱絃掩抑聲如訴，鈿蟬金雁飛無數。人去幾時回，行雲何
處來。　　畫闌圍曲曲，敲折搔頭玉。花老鬱金堂，閒熏
沈水香。（卷一，頁 212）

四闋詞作皆寫女子於深閨思念夫君之形象，由富麗的居室擺飾對比
女子獨守空閨的單薄，又以「珠箔」、「釵梁鳳」、「細蟬」、「搔頭玉」
等華麗的髮飾頰飾，描寫女子精心裝扮卻無人賞識的哀怨。第二闋
末句「愁風愁水頻」，愁上加愁，直寫哀愁；第四闋上片末二句「人
去幾時回，行雲何處來。」則由連續提問的口氣，狀寫女子殷切期
待的焦急心態。詞作女子口吻，賦寫女子情思，稍減含蓄。朱德慈
〈譚獻詞學活動徵考〉認為此組詞作應作於咸豐三年（1853）譚獻
二十二歲時，譚獻曾言：「甲寅年館山陰村舍，始填詞，旋又棄去。」
（〈諭子書〉一，頁 688 下至頁 689 上）甲寅即為咸豐四年（1854），
又收於《復堂詞》卷一首，其他又如〈青衫濕〉「簾前瘦影，銷也無
魂。」（卷一，頁 212）、〈鷓鴣天〉「腰支眉黛無人管，百種憐儂去
後知。」（卷一，頁 215）、〈河傳〉「鬢低垂，欲語含羞語遲。」（卷
一，頁 216）此時期所描寫深閨女子神態與所處空間的細膩筆調，
形成小令濃妍華麗的風格。

　　而從《復堂詞》第二卷開始，小令的數量雖然逐漸減少，但卻有
較為俊逸清秀的風格表現，如〈望江南〉：「東風路，如畫是家山。草
色卻隨流水綠，夕陽只在有無閒。燕子話春寒。」（卷二，頁 218）
語調清逸，景色清新。又或〈浪淘沙〉：

未雨已沈沈。簾外輕陰，澹黃柳色望中深。一片東風吹乍
起，江上愁心。　　倦眼阻登臨。袖手閒尋，雲愁海思兩
難禁。百草千花渾不解，獨自沈吟。（卷二，頁 221）

詞作以「未雨沈沈」塑造欲雨前的低悶氛圍，眼中所見之澹柳則有離別涵義，然而詞人卻不繼續將此時興然而起的愁緒困在一處，而是以東風乍吹的動態描述，將愁緒從詞人心中抽離至江上景色。下片登臨也有別於閨怨僅深守於空閨的狹小範圍中，「倦眼」、「閒尋」雖有力不從心之感，但其愁思仍徘徊於詞人心頭，是以「難禁」。末句「獨自沈吟」則回筆寫詞人形態，以「獨」對照「百草千花」，可知場景中只有詞人一人，故亦未有旁人能解自己沉浸在低迴沉吟的孤寂感受。雖仍以離別相思爲詞作主要題材，但敘述筆法卻已逐漸脫離早期色彩穠麗、深閨愁緒的女子語調。

復舉〈柳稍青·再題鸞夢盦塡詞圖〉與〈柳稍青·秋夜用榆園韻〉兩闋：

> 老去思量。香初茶後，總是歡場。定子當筵，笛家舊曲，
> 唱出伊涼。　　林花幾日芬芳。任鄰蝶、尋花過牆。情只
> 宜閒，迷還是悟，贐與荒唐。
>
> 海客瀛洲，風裳水佩，目送東流。落照蒼茫，浮雲變滅，
> 付與離愁。　　幾番花落人留。好記省、天涯舊游。半醉
> 醒時，最沉吟處，中有千秋。（卷三，頁 227）

兩闋詞作分別爲題圖詞與和韻詞，性質偏向應酬和答性質，然詞筆所寫之情境可謂疏朗。「定子當筵」引用杜牧〈隋苑〉：「定子當筵睡臉新。」又自注：「定子，牛相小青。」因婢女身著青衣而名，故定子爲婢女代稱。上片「香初茶後」、「笛家舊曲」寫生活片刻情景，〈伊州〉、〈涼州〉爲西涼樂曲，樂音悲凄，閒逸生活中仍有哀傷身世之感。林花僅有幾日好景，憑任蝴蝶過牆尋花，則呼應上片「總是歡場」，人生浮沉，或迷或悟，皆是荒唐，不如珍惜當下閒情逸致。第二闋「海客瀛洲」語出李白〈夢遊天姥吟留別〉：「海客談瀛洲」；「風裳水佩」則語出李賀〈蘇小小墓〉詩句：「風爲裳，水爲珮。」借指美人身上裝飾。「目送東流」、「落照蒼茫」以廣闊遠景寫離別之際所見情景，而話別在即，勸勉彼此「好記省、天涯舊游」，以撫慰

離愁傷感。「半醉醒時」則點出詞人前述皆寫當時回憶，而今面對時光流逝，只能獨自懷抱回憶，低迴深思。

　　而在長調方面，其整體使用次數雖與小令相同，內容多用以抒發遭遇與感懷，不似小令有較爲明顯的風格區別。然從譚獻於不同時期使用同一詞牌所賦作之詞作，仍可以得見譚獻在不同時期的人生階段當中，在詞作的表現方式與抒發心境上的轉變，試舉〈金縷曲‧江干待發〉：

> 又指離亭樹。恁春來、消除愁病，鬢絲非故。草綠天涯渾
> 未徧，誰道王孫遲暮。腸斷是、空樓微雨。雲水荒荒人草
> 草，聽林禽、祇作傷心語。行不得，總難住。　　今朝滯
> 我江頭路。近蓬窗、岸花自發，向人低舞。裙釵芙蓉零落
> 盡，逝水流年輕負。漸慣了、單寒羈旅。信是窮途文字賤，
> 悔才華卻受風塵誤。留不得，便須去。（卷一，頁215）

據朱德慈〈譚獻詞學活動徵考〉之編年，此闋詞作作於咸豐六年（1856），譚獻當年二十五歲，跟隨萬青藜入京，時間背景與本文於第一節中所引用之〈浣溪沙‧舟次吳門〉一詞相同。詞作以「又」字起句，言旅途中經歷多次送別場景，語氣強烈，充滿感慨。欲消愁，而愁來何自？只因有感「鬢絲非故」、「王孫遲暮」時間流逝，日漸衰老，是詞人心中的憂愁。登樓所望亦是一片水煙瀰漫，細雨濛濛的景象，《詩經‧小雅‧巷伯》中有「勞人草草」句，言人因勞苦奔波而憂慮傷神的模樣，亦爲詞人的自我寫照。耳際林禽啼鳴，應指鷓鴣「行不得也哥哥」之啼聲，卻使詞人更加明白此次艱辛卻又得已得赴上旅途的矛盾心情。下片「滯」字寫旅途路程欲進而不得進的苦悶感受，而詞人又言「漸慣了、單寒羈旅」則充滿莫可奈何卻只能以司空見慣的嘲解方式作爲自我慰藉，「文字賤」、「悔才華」道盡詞人爲赴功名而面臨如今進退兩難的困境與愁緒，末兩句「留不得，便須去」與上片「行不得，總難住」互相呼應，即言詞人心中明白自己終究仍得離去。此闋詞作爲譚獻早期長調的代表作之

一，葉恭綽《廣篋中詞》中收錄此闋詞作，並評：「如此方可云清空不質實。」〔註36〕「清空」、「質實」二詞出自張炎《詞源》：「詞要清空，不要質實。清空則古雅峭拔，質實則凝澀晦昧。」〔註37〕譚獻《篋中詞》亦曾以「清空不質實」品評厲鶚與萬釗，可見譚獻不因詞派之囿見，對於浙派所宗之詞境亦有所認同與接收，同時也形成此時期詞作的沉鬱風格。

另一首〈金縷曲・和蒙叔〉：

> 怊悵題襟集。恁無端、渭城折柳，離歌三疊。待我歸來猿鶴笑，杯酒難忘夙昔。曾記得、落花如雪。重向西園圖畫裏，共故人、商略藏山業。尋煙語，一雙屐。　十年鄉思南屏鯽。怕回頭、秋林禊飲，傷心非一。天末涼風衣帶緩，贏得蒼茫獨立。只舊雨、相逢相惜。結箇三休亭子好，便討春結夏同將息。知足傳，點君筆。（卷三，頁224）

沈景修（1835～1899），字蒙叔，浙江秀水（今嘉興）人，譚獻曾在日記中記載：「爲蒙叔校定《井華詞》一卷。婉約可歌，亦二張伯仲間，二張爲韻梅、玉珊也。」〔註38〕《篋中詞》亦選其詞5闋。詞中「折柳」、「離歌」寫送別場景，詞人於如此離別之際賦作詞句唱和。「猿鶴」、「藏山」借指隱逸山林，詞人言夙昔聚集西園，杯酒把歡，如今則欲與友朋約定共偕歸隱，從其心境可以推測約在譚獻中晚年之時。蘇軾〈去杭州十五年，復游西湖，用歐陽察判韻〉中有「我識南屏金鯽魚」詩句，「南屏」爲杭州西湖名勝之一，點出詞人作詞的背景環境。「三休亭」出自司空圖晚年歸隱，築亭名爲「三休」之典故，「只舊雨、相逢相惜」則爲詞人與友朋間相知相惜的情感抒慨。此闋詞作在心境上的狀態明顯可見與前闋寫欲進而不得進的失意頓挫感受截然不同，且從譚獻使用長調寫作的內容來看，主要用以抒發一己

〔註36〕葉恭綽編：《廣篋中詞》，見楊家駱主編：《歷代詩史長編》（臺北：鼎文書局，1971年），第二十二種，頁169。

〔註37〕張炎撰：《詞源》，卷下，見唐圭璋編：《詞話叢編》（北京：中華書局，2005年），冊1，頁259。

〔註38〕《復堂日記》補錄卷二，頁328。

之心志感慨，同時也可從其生平經歷了解譚獻何以於中晚期轉向多用長調的心境轉變。

　　從以上對於譚獻小令及長調詞作內容與寫作時期的分析來看，小令早期濃妍華麗，中晚期則俊逸清秀；長調則多為沉鬱頓挫，然亦有清空風格之作，故可以了解譚獻的詞作風格可謂多樣。

第四節　《復堂詞》之相關評騭

　　由於與《復堂詞》相關之評論資料眾多，筆者欲以與譚獻同時之詞人與學生等相關評騭，作為本節分析敘述的主軸，最後並以譚獻對於自己詞作的註解作一對照呼應，以了解譚獻詞作的意義與特色。

　　與譚獻同時之詞人的相關評騭，有從選錄譚獻詞作並進行詞作評述，如葉恭綽《廣篋中詞》選錄譚獻 11 首詞作，評其〈蝶戀花〉（玉頰妝臺）：「正中、六一之道。」〔註39〕言有馮延巳、歐陽修委婉細膩之風韻；或評〈渡江雲‧大觀亭同陽湖趙敬甫、江夏鄭贊侯〉（大江流日夜）：「曲而有直體。」〔註40〕言行文委曲而剛勁有力。

　　或以譚獻之小令與長調來進行比評，如丁紹儀《聽秋聲館詞話》：「武林譚仲修孝廉獻，薄游閩中，余未之識。楊君臥雲以所刊《復堂詞》見示，筆情逋峭，小令尤工。」〔註41〕又陳廷焯《白雨齋詞話》言：「仲修小詞絕精，長調稍遜。蓋於碧山深處，尚少一番涵詠功也。」〔註42〕丁氏對於譚獻的小令評以「逋峭」，意指曲折委婉而有風致，而陳氏所言「少一番涵詠功」，則指長調未有使人流連反覆吟詠的內涵曲致，同樣表達較為賞識譚獻的小令創作。

　　譚獻之弟子徐珂曾習詞於譚獻，曾對於譚獻之詞作有極為深刻

〔註39〕葉恭綽編：《廣篋中詞》，《歷代詩史長編》第二十二種，頁 168。
〔註40〕葉恭綽編：《廣篋中詞》，《歷代詩史長編》第二十二種，頁 171。
〔註41〕丁紹儀撰：《聽秋聲館詞話》，卷五，見唐圭璋編：《詞話叢編》（北京：中華書局，2005 年），冊 3，頁 2638。
〔註42〕陳廷焯著；杜維沫校點：《白雨齋詞話》（北京：人民文學出版社，1998 年），卷五，頁 112。

的敘述：

> 同、光間，有詞學大家，前乎王幼霞給諫、況夔笙太守、
> 朱古微侍郎、鄭叔問中翰，爲海內所宗仰者，譚復堂大令
> 是也。大令既舉於鄉，一爲校官，旋筮仕於皖，以經術師
> 吏治。簿書餘暇，輒招要朋舊，爲文酒之宴集。吮毫伸紙，
> 搭拍應副，若不越乎流連光景之情文者。讀其詞者，則云
> 幼眇而沈鬱，義隱而指遠，膒臆而若有不可於名言。蓋斯
> 人胸中，別有事在。而官止於令，犖然不能行其志爲可太
> 息也。〔註43〕

徐珂於文中敘述譚獻於同治、光緒年間是爲詞學之大家，並受王鵬
運、況周頤、朱祖謀與鄭文焯等人推崇景仰。譚獻職任縣令期間，於
公事餘暇之時，招宴友朋，樂爲文酒之會，彼此唱和酬對，即興賦作
詩詞，題材內容看似僅止於風花雪月等風光景物；然徐珂指出，若能
細讀譚獻之詞作，則可發現其詞作文辭隱晦而涵義深遠。「膒臆」指
情緒煩悶鬱結的狀態，然譚獻卻不直指其事，不直言其志，以含蓄蘊
藉的方式作詞，是其詞作幽微深妙，深層蘊藉之處。而徐珂更以「胸
中別有事在」點明譚獻作詞之用心，即指譚獻一生官職低微，未能經
世致用，「犖然不能行其志」，故以詞作抒發心中之感慨嘆惜。從徐珂
文中提及譚獻任職縣官時的作詞情態，對照譚獻作詞轉向擇用長調，
則可從譚獻作詞與身世遭遇之間的聯結性，了解譚獻在詞作中所欲寄
寓的感慨與用意。

譚獻曾對於自己詞作有所註解與評論，可見於《篋中詞》第六卷
前之敘文。此卷所收錄之詞作皆爲譚獻所作，其敘文言：

> 周美成云：「流潦妨車轂。」又曰：「衣潤費鑪煙。」辛幼
> 安云：「不知筋力衰多少，祇覺新來懶上樓。」填詞者試於
> 此消息之。不佞悅學卅年，稍習文筆，大慚小慚，細及倚
> 聲。鄉人項生以爲不爲無益之事，可以遣有涯之生？其言

〔註43〕徐珂編撰：《清稗類鈔》（北京：中華書局，1986 年），〈文學類・二〉，
頁 3993。

危苦。然而知二五，而未知十也。〔註44〕

「流潦妨車轂」、「衣潤費鑪煙」、「不知筋力衰多少，祇覺新來嬾上樓」分別引用周邦彥〈大酺〉、〈滿庭芳‧夏日溧水無想山作〉與辛棄疾〈鷓鴣天‧鵝湖歸，病起作〉之詞句，三句文字都有欲動而受阻礙，欲往而不得前進的狀態。文中所謂的「消息」，語意稍有不明，但從譚獻曾在《詞辨》評論張炎詞作時說道：「白石嚶求稼軒，脫胎耆卿，此中消息，願與知音人參之。」〔註45〕以及日記中提及《草堂詩餘》續編二卷時說：「卷中錄稼軒、白石諸篇，陳義甚高，不隨流俗，明世難得此識曲聽眞之人。」〔註46〕文中「嚶求」一詞，見於《詩經‧伐木》：「伐木丁丁，鳥鳴嚶嚶。嚶其鳴矣，求其友聲。」意指尋找意氣相投，心意契合的友件，從此可知譚獻極度賞識姜夔與辛棄疾詞作在「陳義甚高，不隨流俗」方面的成就表現。而譚獻又敘述自己的學詞歷程，「大慚小慚」語出韓愈〈與馮宿論文書〉中：「時時應事作俗下文字，下筆令人慚，及示人，則人以爲好矣。小慚者亦蒙謂之小好，大慚者即以爲大好矣。」是言他人不解自己爲詩賦文的眞實感受與心態，以至倚聲塡詞，皆不得知音，甚爲感慨。又針對項鴻祚所謂「不爲無益之事，可以遣有涯之生」的說法，認爲「其言危苦」，則可與譚獻曾在《篋中詞》評論項鴻祚此言意在「哀其志也」相互連結闡釋；換言之，譚獻認爲詞人作詞看似排遣自娛，然而其實別有用心，而詞中的寄託涵義則待知音解之。

　　陳廷焯雖然對於譚獻的小令有著較高的評價，但從《白雨齋詞話》中另一條莊棫《復堂詞》所作敘文的內容來看，則可見譚獻賦作長調的背後意涵：

　　　　仲修之言曰：「吾少志比興，未盡於詩，而盡於詞。」又曰：
　　　　「吾所知者，比已耳，興則未逮。河中之水，吾詎能識所

〔註44〕《篋中詞》類集五，頁347。
〔註45〕周濟編：《詞辨》，卷一，（臺北：廣文書局，出版年不詳），頁13。。
〔註46〕《復堂日記》卷四，頁100。

謂哉。」即其詞以證其言，亦殊非欺人語。莊中白敘《復
堂詞》云：「仲修年近三十，大江以南，兵甲未息，仲修不
一見其所長，而家國身世之感，未能或釋。觸物有懷，蓋
風之旨也。世之狂呼叫囂者，且不知仲修之詩，烏能知仲
修之詞哉。禮義不愆，何恤乎人言。吾竊願君爲之而漸至
於興也。」〔註47〕

文中所引述譚獻之言，未見於譚獻任何文獻當中，應爲陳廷焯與譚獻
於往來間所留存的紀錄。言譚獻少時志於比興，卻自言只知「比」而
未逮「興」，「比」爲比喻譬類，「興」爲寄興寓情，雖然未能確定是
否爲譚獻謙遜之言，但顯然可見譚獻於作詞方面已有意識地反映詞學
常派，作詞求有比興寄託的思想脈絡。陳廷焯此段文字引用譚獻的自
我陳述來證實譚獻的作詞意涵，在諸多評論當中則更爲貼近譚獻的作
詞主旨。而陳廷焯復以莊棫所題之《復堂詞》序文，言譚獻作詞乃起
於有「家國身世之感」。文中所謂「年近三十」，則是指譚獻在遭逢太
平天國的背景之下，又因無所見用於世，無法一展抱負，故轉而將其
心志付託於詞作當中。莊棫與譚獻交情甚篤，可謂知音，從友朋的角
度評論譚獻的作詞內涵意旨，亦能切實反映譚獻作詞之用心。

〔註47〕陳廷焯著：杜維沫校點：《白雨齋詞話》，卷五，頁114。

第六章　結　論

　　本文以譚獻之原典文本為進行譚獻詞學研究的主要依據，而其中
《復堂日記》之全本以及兩封〈復堂論子書〉，無論是對於譚獻之生
平經歷或是交游狀況，或是著作情形與評述內容，都留存著許多相當
寶貴的參考紀錄，足以作為研究譚獻時最具可信度之依據。

　　由於前人對於常州詞派此一領域的研究成果相當豐碩，無論是
在派別的定義與定位、發展與影響，或是單一詞人的詞學活動情形
等等，本文於進行相關研究文獻回顧時，則發現資料仍正不斷地再
累積與更新當中。然而就初始的研究動機而言，回歸原典文本確實
有其必要性，如提及譚獻的詞學理論往往則以《復堂詞話》作為概
括，但若在瞭解《復堂詞話》為摘錄性質的詞論選集時，則能發現
此書確實有其侷限所在。

　　若就《復堂詞話》摘錄的情形來看，其摘錄來源主要來自於《譚
評詞辨》、《復堂日記》與《篋中詞》。《譚評詞辨》為譚獻評注周濟《詞
辨》一書的總稱，其中譚獻的評注資料幾乎皆收錄於《復堂詞話》當
中，然而亦有未被選錄的文字紀錄，共有四則；《復堂日記》則有卷
數版本不同的問題，如現今之日記全本有舊刻八卷、補錄二卷與續錄
一卷，又《復堂詞話》所摘錄的範圍僅在舊刻八卷中；《篋中詞》中
凡有譚獻評述文字的紀錄，共有六百一十九則，《復堂詞話》卻僅摘

錄五十四則。

　　在瞭解《復堂詞話》因身為摘錄性質所產生前述的侷限問題之下，回歸原典文本確實為進行譚獻詞學研究時所不能忽略的事情。其中《復堂日記》與《篋中詞》皆為譚獻歷經長時間進行撰述或編選的著述成果，故「時間性」也成為在探討譚獻詞學理論時所必須要注意的一項因素。

　　在生平與交游方面，譚獻自幼孤苦家貧，與母親陳太宜人相依為命，曾因為貧困而中斷學習，然幸受蔣亦欽與莫梠芳之賞識，才得以持續讀書學習。譚獻就讀於宗文義塾，對於譚獻而言，其影響與意義重大，宗文義塾招收孤貧學生，不僅使得譚獻擁有受教育的機會，甚至也影響譚獻晚年辭歸返鄉後，主動要求授課於宗文義塾，可見譚獻對教育的重視及其感恩與回饋之心意。

　　由於譚獻的家世背景與現實環境，都使得譚獻不得不面對經濟方面的窘迫，而其母親之勸勉，也成為譚獻日後在求取功名上掙扎的根源。譚獻交游廣泛，受長輩提攜，得以與前賢們學習切磋學術，直至譚獻首次進京赴京兆試，更是開拓了譚獻的交游網絡與學術視野，而此時也與莊棫、陶子珍等人結下深摯情誼，在日記中更能看見譚獻與友朋們的來往紀錄。

　　在譚獻入京前後階段，正值太平天國之亂，譚獻更直接目擊與感受國家與地方的局勢紛亂，而在入閩於徐樹銘幕下的七載之間，譚獻更因戰事危急而無法回到家鄉，期間流寓廈門，結識戴望；然不久便得知母親殉難於杭州之事，對於譚獻而言是人生首次最重大的打擊。譚獻於返鄉後，受薛時雨鼓勵重新復學參與鄉試；然而鄉試中舉後，譚獻三赴會試皆未中，並且第二次赴會試時的心境已開始產生不同的感受與情緒；而後譚獻以捐官方式赴官安慶，開始游宦於安徽，任命縣令，歷十餘年。五十六歲以疾辭歸，返鄉授課於宗文義塾，並受張之洞招聘為經心書院院長，並頻繁往來於湖北與浙江之間，最終因病過世。綜觀一生，勞碌於科場之間，奔波於仕宦之途，晚年遭逢諸多

親友過世，想而可見其身心之俱疲，然而譚獻於任官時對於官吏風氣的批判，以及仁民愛物的表現，仍可見其個性的正義與溫厚。

詞論方面，譚獻受常州詞派張惠言與周濟的影響甚深，然而從時間來看，周濟去世時，譚獻僅八歲，後來卻詞學常派，以推衍張、周詞學為業，可見譚獻不僅是從精神上崇尚常州詞派，莊棫引領譚獻踏入常派之門檻，則是為相當重要的關鍵人物，故譚獻言與莊棫「以比興柔厚之旨相贈處者二十年」，足以見兩人同為常派中人。

又譚獻早期曾因慕名浙派郭麐而以為習詞之效法對象，後因得柔厚之旨，便停止師法於郭麐；譚獻更曾奉張景祁為師，亦多關注浙派詞學系統下的詞選與詞律專書，對於曾涉浙派習詞途徑以及後歸常派意旨的譚獻而言，進一步綜合常派與浙派的詞學觀點，提出幾項不偏頗於派別的詞學論述是為譚獻於詞學發展脈絡中，擁有「承上啓下」地位的主要因素。如在常派理論基礎下，以雅正延伸張惠言之尊體，對周濟詞之正變持論小異，更提出「作者之用心未必然，而讀者之用心何必不然」涵蓋周濟與張惠言的讀詞方式，開啓更為廣闊的解讀角度。又或在浙派理論現象下，分析深澀之原意，論內容與筆法之兼顧，並注重浙派詞學方面的詞律成果，可為擷取浙派詞論中之精華與長處。而譚獻論詞主指在於「厚」，無論柔厚、溫厚，都是對於詞作內容意涵上，提倡主張深化與渾化的說法。

在選詞方面，譚獻表明以「衍張茗柯、周介存之學」之用心，進行《篋中詞》的編選。而從《篋中詞》的編選歷程，可以了解譚獻對於浙派的代表性詞選集，多有注意，在審視內容，確立去取之旨後，擇其所謂「選言尤雅，以比興為本」之詞作，編成《篋中詞》一書。並且從其體例、內容，以及不斷進行續補工作的紀錄來看，更可明白譚獻在此一詞選集上求備求善的心態。

《篋中詞》所選錄之範圍內容涵蓋明末清初，以至於與自己同時的清代詞人詞作，更錄及友朋晚輩與女性詞人之詞作，其選詞取向與角度可謂開闊；而在詞派詞人的編錄上，更可看出譚獻以客觀

的角度呈現清代詞學發展的情形，不以身爲常派而偏廢他派，更以客觀角度回溯詞派詞論，抨擊末流之弊病；而在選錄數量上，則可統計出包含譚獻與其詞作在內的《篋中詞》，共收錄 376 位詞人以及 1075 首詞作。

《篋中詞》中有譚獻評注，更成爲《復堂詞話》摘錄譚獻詞學理論的主要來源之一，分析其評述意義，則可從譚獻對於納蘭性德、項鴻祚與蔣春霖三人的偏好上說起：以蔣春霖論詞人之詞的內容與意涵，認爲其詞作之情思與景物能融合渾化，達到詞作的最高境界；以納蘭性德論唐宋詞之高格，認爲其詞作能貼近唐宋詞之餘韻情致，並視之爲清初第一詞手；以項鴻祚掃除浙派沿襲姜、張之陋習，認爲其詞作意旨能脫離浙派末派積習，自闢蹊徑接續南唐五代與北宋詞之餘續。

有別於浙派《詞綜》體系之下的詞選集，譚獻編選《篋中詞》則是以常派詞學爲立足點，從張惠言《詞選》、周濟《詞辨》和《宋四家詞選》選錄範圍僅於唐宋兩代內的界限，以《篋中詞》選錄清人詞作，將對唐宋詞境詞格的嚮往，移至清代現實中詞作的表現與成果，不僅爲當時習詞者開拓門徑，也爲後人在回溯探討清代詞學的發展與演變時，提供不同的解讀視野與角度。

在詞作部分，譚獻詞作《復堂詞》共有 136 首，本文主要分爲紀遊遣興、寄贈和答、詠物寫意與詞圖題畫四種類型進行分析，在譚獻詞作與寫作背景相互映襯之下，其詞作描寫男女別離、撫今憶昔，或寫悲歡離合，羈旅奔走，抒發情感哀而不怨，情景相映，詞境幽遠深厚。寄贈和答詞，則藉以訴說對於友朋的思念，傳達深摯情誼，情感細膩深沉。詠物寫意詞則多有借物託付，寄寓漂泊宦途，時間流逝，世事滄桑的無奈感慨。而譚獻〈復堂填詞圖〉據紀錄可知應有三幅，然因詞作內容與圖作意象有所隔閡，又因目前尚未有充足資訊，故先從譚獻日記與《篋中詞》的時間範圍，以及題圖詞作中詞牌、用韻等形式線索，推測詞中所指之〈復堂填詞圖〉應爲光緒十六年（1890）

吳昌碩所繪製。

　　《復堂詞》之寫作技巧與風格，本文以譚獻擇調之取向來進行分析，全部的 136 首詞作中，小令與長調各作有 68 首。並從早期多作小令，中期多作長調，明顯看出譚獻於擇調上的轉變。而在詞作技巧方面，則以詞作中轉用長調、遵守協律、化用詩詞較爲常見的現象進行簡要說明；詞作風格方面，則可歸納出早期小令偏向多作色彩穠麗、男女情思之閨怨詞作，中晚期則轉向清新俊逸、格致韻長的抒懷詞作，又長調多描寫失意頓挫之感受，抒發一己之感慨，而同時也可從其生平經歷了解譚獻於中期轉向多用長調的心境轉變。

　　在與《篋中詞》相關之評騭中，多數皆以譚獻之小令爲稱賞對象，然而從譚獻《篋中詞》之敘文中「填詞者試於此消息之」，則能看出譚獻詞作之別有用心，故詞作中有其寄託寓意的深刻用意所在；另復從陳廷焯《白雨齋詞話》中記錄莊棫爲《復堂詞》所題之序文內容，以及譚獻弟子徐珂的敘述，則亦可知譚獻的詞作別有事在，進而對照譚獻之生平經歷，則可見其詞作中抒寫一生遭遇戰亂流離，求取登科不如意，無法見用於世的深沉無奈。

參考書目

一、譚獻著作

（一）《復堂詞》

1. 《復堂詞》，〔清〕譚獻，《續修四庫全書》本，冊 1727，上海，上海古籍出版社，2002 年。

2. 《復堂詞》，〔清〕譚獻；黃曙輝點校，上海，華東師範大學出版社，2010 年。

（二）《篋中詞》

1. 《篋中詞》，〔清〕譚獻，《歷代詩史長編》本第二十一種，楊家駱主編，冊 56，臺北，鼎文書局，1971 年。

2. 《篋中詞》，〔清〕譚獻，《叢書集成續編》本，冊 205，臺北，新文豐出版社，1989 年。

3. 《篋中詞》，〔清〕譚獻，《續修四庫全書》本，冊 1732 至冊 1733，上海，上海古籍出版社，2002 年。

4. 《清詞一千首》，〔清〕譚獻；羅仲鼎校，杭州，西泠印社出版社，2007 年

（三）《復堂詞話》

1. 《復堂詞話》，〔清〕譚獻；〔清〕徐珂編，《詞話叢編》本，唐圭璋編，冊 4，北京，中華書局，2005 年。

（四）《復堂日記》

1. 《復堂日記》八卷，〔清〕譚獻，《叢書集成續編》本，冊 217 至冊 218，臺北，新文豐出版社，1989 年。

2. 《復堂日記》續錄一卷、補錄二卷，〔清〕譚獻，《叢書集成續編》本，冊 218，臺北，新文豐出版社，1989 年。

3. 《復堂日記》，〔清〕譚獻；范旭侖、牟小朋整理，石家莊，河北教育出版社，2000 年。

4. 《復堂日記》八卷，〔清〕譚獻，《歷代日記叢鈔》本，冊 63，北京，學苑出版社，2006 年。

5. 《復堂日記》補錄二卷、續錄一卷，〔清〕譚獻，《歷代日記叢鈔》本，冊 64，北京，學苑出版社，2006 年。

（五）《復堂類集》、《復堂文續》、《復堂詩續》

1. 《復堂類集》文四卷詩十一卷詞三卷，〔清〕譚獻，《叢書集成續編》本，冊 161，臺北，新文豐出版社，1989 年。

2. 《復堂類集》文四卷詩十卷詞三卷，〔清〕譚獻，《清代詩文集彙編》本，冊 721，上海，上海古籍出版社，2012 年。

3. 《復堂文續》五卷，〔清〕譚獻，《清代詩文集彙編》本，冊 721，上海，上海古籍出版社，2012 年。

4. 《復堂詩續》一卷，〔清〕譚獻，《清代詩文集彙編》本，冊 721，上海，上海古籍出版社，2012 年。

二、詞話、詞選集

1. 《宋四家詞、詞辨附介存齋論詞雜著》，〔清〕周濟，臺北，廣文書局，出版年不詳。

2. 《近三百年名家詞選》，龍榆生，臺北，長歌出版社，1976 年。

3. 《詞源注》，〔宋〕張炎撰；夏承燾校注，臺北，木鐸出版社，1987 年。

4. 《白雨齋詞話》，〔清〕陳廷焯著；杜維沫校點，北京，人民文學出版社，1998 年。

5. 《詞選》，〔清〕張惠言，《續修四庫全書》本，上海，上海古籍出版社，2002 年。

6. 《詞辨》，〔清〕周濟，《續修四庫全書》本，上海，上海古籍出版社，2002 年。

7. 《宋四家詞選》，〔清〕周濟，《續修四庫全書》本，上海，上海古籍出版社，2002 年。

8. 《詞源》，〔宋〕張炎，《詞話叢編》本，唐圭璋編，北京，中華書局，2005 年。

9. 《靈芬館詞話》，〔清〕郭麐，《詞話叢編》本，唐圭璋編，北京，中華書局，2005 年。

10. 《介存齋論詞雜著》，〔清〕周濟，《詞話叢編》本，唐圭璋編，北京，中華書局，2005 年。

11. 《宋四家詞選目錄序論》，〔清〕周濟，《詞話叢編》本，唐圭璋編，北京，中華書局，2005 年。

12. 《聽秋聲館詞話》，〔清〕丁紹儀，《詞話叢編》本，唐圭璋編，北京，中華書局，2005 年。

13. 《蒿庵論詞》，〔清〕馮煦，《詞話叢編》本，唐圭璋編，北京，中華書局，2005 年。

14. 《芬陀利室詞話》，〔清〕蔣敦復，《詞話叢編》本，唐圭璋編，北京，中華書局，2005 年。

15. 《白雨齋詞話》，〔清〕陳廷焯，《詞話叢編》本，唐圭璋編，北京，中華書局，2005 年。

16. 《復堂詞話》，〔清〕譚獻，《詞話叢編》本，唐圭璋編，北京，中華書局，2005 年。

17. 《近詞叢話》，〔清〕徐珂，《詞話叢編》本，唐圭璋編，北京，中華書局，2005 年。

18. 《人間詞話》，王國維，《詞話叢編》本，唐圭璋編，北京，中華書局，2005 年。

19. 《詞說》，蔣兆蘭，《詞話叢編》本，唐圭璋編，北京，中華書局，2005 年。

20. 《小三吾亭詞話》，冒廣生，《詞話叢編》本，唐圭璋編，北京，中華書局，2005 年。

21. 《柯亭詞論》，蔡嵩雲，《詞話叢編》本，唐圭璋編，北京，中華書局，2005 年。

22. 《聲執》，陳匪石，《詞話叢編》本，唐圭璋編，北京，中華書局，2005 年。

三、詞學專著

1. 《歷代詞話敘錄》，王熙元，臺北，臺灣中華書局，1973 年。

2. 《迦陵論詞叢稿》，葉嘉瑩，臺北，明文書局，1981 年。

3. 《從詩到曲》，鄭騫，臺北，順先出版公司，1982 年。

4. 《詞與音樂關係研究》，施議對，北京，中國社會科學出版社，1985 年。

5. 《朱彝尊之詞與詞學》，蘇淑芬，臺北，文史哲出版社，1986 年。

6. 《南宋詞研究》，王偉勇，臺北，文史哲出版社，1987 年。

7. 《張炎詞研究》，楊海明，濟南，齊魯書社，1989 年。

8. 《靈谿詞說》，繆鉞、葉嘉瑩，臺北，正中書局，1993 年。

9. 《詞話學》，朱崇才，臺北，文津出版社，1995 年。

10. 《清代詞學的建構》，張宏生，南京，江蘇古籍出版社，1998 年。

11. 《唐宋詞流派史》，劉揚忠，福州，福建人民出版社，1999 年。

12. 《吳熊和詞學論著》，吳熊和，杭州，杭州大學出版社，1999 年。

13. 《張惠言暨常州詞派傳》，趙伯陶，長春，吉林人民出版社，2000 年。

14. 《清詞史》，嚴迪昌，南京，江蘇古籍出版社，2001 年。

15. 《嘉道年間的常州詞派》，徐楓，臺北，雲龍出版社 2002 年。

16. 《中國詞學史》，謝桃坊，成都，巴蜀書社，2002 年。

17. 《詞論史論稿》，邱世友，北京，人民文學出版社，2002 年。

18. 《中國詞史》，黃拔荊，福州，福建人民出版社，2003 年。

19. 《近代上海詞學繫年初稿》，楊柏嶺，上海，上海教育出版社，2003 年。

20. 《詞學史料學》，王兆鵬，北京，中華書局，2004 年。

21. 《清代詞學》，孫克強，北京，中國社會科學出版社，2004 年。

22. 《唐宋詞綜論》，劉尊明，北京，中國社會科學出版社，2004 年。

23. 《清代吳中派研究》，沙先一，北京，人民文學出版社，2004 年。

24. 《晚清詞學的思想與方法》，皮述平，北京，學苑出版社，2004 年。

25. 《宋代詠物詞史論》，路成文，北京，商務印書館，2005 年。

26. 《嚴迪昌自選論文集》，嚴迪昌，北京，中國書店，2005 年。

27. 《中國近代詞學思想研究》，朱惠國，上海，上海古籍出版社，2005

年。

28. 《朱彝尊詞綜研究》，于翠玲，北京，中華書局，2005年。

29. 《湖海樓詞研究》，蘇淑芬，臺北，里仁書局，2005年。

30. 《詞曲史》，王易，南京，江蘇教育出版社，2005年。

31. 《清代詞學發展史論》，陳水雲，北京，學苑出版社，2005年。

32. 《辛派三家詞研究》，蘇淑芬，臺北，文史哲出版社，2006年。

33. 《詞學通論》，吳梅，北京，中國書籍出版社，2006年。

34. 《常州詞派通論》，朱德慈，北京，中華書局，2006年。

35. 《晚清詞研究》，莫立民，北京，中國社會科學出版社，2006年。

36. 《中國詞史》，黃拔荊，福州，福建人民出版社，2007年。

37. 《詞話史》，朱崇才，北京，中華書局，2007年。

38. 《詞學辨》，謝桃坊，上海，上海古籍出版社，2007年。

39. 《清代詞體學論稿》，鮑恒，北京，人民文學出版社，2007年。

40. 《明清詞派史論》，姚蓉，桂林，廣西師範大學出版社，2007年。

41. 《題畫詞與詞意畫》，吳企明、史創新，昆明，雲南人民出版社，2007年。

42. 《宋詞題材研究》，許伯卿，北京，中華書局，2007年。

43. 《詞學研究方法十講》，王兆鵬，北京，北京大學出版社，2008年。

44. 《常州詞派研究》，黃志浩，北京，中國社會科學出版社，2008年。

45. 《清詞的傳承與開拓》，沙先一、張暉，上海，上海古籍出版社，2008年。

46. 《清詞探微》，張宏生，上海，上海古籍出版社，2008年。

47. 《宋詞研究入門》，王兆鵬，南京，鳳凰出版社，2008年。

48. 《唐宋詞通論》，吳熊和，杭州，浙江古籍出版社，2008年。

49. 《吳梅詞曲論著》，吳梅，南京，南京大學出版社，2008年。

50. 《清代詞學批評史論》，孫克強，上海，上海古籍出版社，2008年。

51. 《常州詞派與晚清詞詞風》，遲東寶，天津，南開大學出版社，2008年。

52. 《明清詞譜史》，江合友，上海，上海古籍出版社，2008年。

53. 《清詞話考述》，譚新紅，武漢，武漢大學出版社，2009年。

54. 《詩詞越界研究》，王偉勇，臺北，里仁書局，2009年。

55. 《龍榆生詞學論文集》，龍榆生，上海，上海古籍出版社，2009年。

56. 《中國文學流派學初論——以常州詞派爲例》，侯雅文，臺北，大安出版社，2009 年。

57. 《近代詞史》，莫立民，北京，人民文學出版社，2010 年。

58. 《詞話學》，朱崇才，北京，中華書局，2010 年。

59. 《唐宋詞譜粹編》，謝桃坊，成都，四川人民出版社，2010 年。

60. 《清代世變與常州詞派之發展》，陳慷玲，臺北，國家出版社，2012 年。

61. 《詞學圖錄》，魏新河，合肥，黃山書社，2012 年。

四、相關專書

1. 《歷代人物年里通譜》，楊家駱主編，臺北，世界書局，1963 年。

2. 《明清儒家著述生卒年表》，麥仲貴著，臺北，臺灣學生書局，1977 年。

3. 《中國叢書綜錄》，上海圖書館編，上海，上海古籍出版社，1982 年。

4. 《詞學研究書目 1919～1992》，黃文吉編，臺北，文津出版社，1993 年。

5. 《詞學論著總目 1902～1992》，林玫儀編，臺北，中央研究院中國文哲研究所籌備處，1995 年。

6. 《清詞別集知見目錄彙編》，吳熊和、林玫儀、嚴迪昌編，臺北，中央研究院中國文哲研究所籌備處，1997 年。

7. 《清代人物生卒年表》，江慶柏著，北京，人民文學出版社，2005 年。

五、學位論文

1. 《譚獻詞學研究》，蕭新玉，高雄，國立高雄師範大學國文研究所碩士論文，應裕康指導，1992 年。

2. 《譚復堂及其文學》，楊棠秋，臺中，東海大學中國文學研究所碩士論文，汪中指導，1993 年。

3. 《中晚詞常州詞派研究》，朱德慈，南京，南京師範大學中國古代文學博士論文，鍾振振指導，2003 年。

4. 《篋中詞研究》，田靖，上海，上海交通大學中國古代文學碩士論文，謝柏梁指導，2008 年。

5. 《譚獻及其復堂詞研究》，王玉蘭，廣州，暨南大學中國古代文學碩

士論文，趙維江指導，2010 年。

6. 《譚獻詞學文獻研究》，顧淑娟，福州，福建師範大學中國古典文獻學碩士論文，歐明俊指導，2012 年。

六、期刊論文

1. 〈譚獻及其《篋中詞》〉，羅仲鼎，《浙江廣播電視高等專科學校學報》第 3 期，1994 年。

2. 〈談譚獻的尊體說〉，曹保合，《甘肅廣播電視大學學報》第 1 期，1998 年。

3. 〈憂生念亂的盧渾——譚獻「折中柔厚」詞說評價〉，楊柏嶺，《中國文學研究》第 4 期，2002 年。

4. 〈常州詞派與近代詞學中的解釋學思想〉，陳水雲，《求是學刊》第 29 卷第 5 期，2002 年 9 月。

5. 〈譚獻詞學理論的繼承與創新〉，冉耀斌、何永華，《甘肅教育學院學報》第 19 卷第 2 期，2003 年。

6. 〈譚獻關於蔣春霖「倚聲家杜老」說辨析〉，劉勇剛，《河南師範大學學報》第 30 卷第 6 期，2003 年。

7. 〈譚獻《復堂日記》的詞學文獻價值〉，方智范，《南京師範大學文學院學報》第 3 期，2003 年 9 月。

8. 〈譚獻《篋中詞》淺探〉，林友良，《東吳中文研究期刊》第 11 期，2004 年 7 月。

9. 〈論晚清常州詞派對「清詞史」的「解釋取向」及其在常派發展上的意義〉，侯雅文，《淡江中文學報》第 13 期，2005 年 12 月。

10. 〈譚獻詞學思想論略〉，朱惠國，《中文自學指導》（2009 年 8 月更名為《現代中文學刊》）第 3 期，2005 年。

11. 〈譚獻的詞學思想〉，遲東寶，《南開學報》第 6 期，2005 年。

12. 〈論丁紹儀對譚獻詞學闡釋論的影響〉，李劍亮，《浙江大學學報》第 35 卷第 5 期，2005 年 9 月。

13. 〈近代詞學師承論〉，歐明俊，《上海大學學報》第 14 卷第 5 期，2007 年 9 月。

14. 〈從選本看譚獻對常州詞派詞統之接受推衍〉，趙曉輝，《湖北社會科學》第 4 卷，2007 年。

15. 〈譚獻與陳宧〉，賴晨，《船山學刊》第 4 期，2008 年。

16. 〈譚獻與章學誠〉，王標，《杭州師範大學學報》第 1 期，2009 年。

17. 〈選本批評與清代詞史之建構——論譚獻《篋中詞》的選詞學意義〉，沙先一，《文學遺產》第 2 期，2009 年。

18. 〈論南社詞人徐珂的詞學傳承及創作實踐〉，蔡雯，《南京理工大學學報》第 23 卷第 3 期，2010 年 6 月。

19. 〈淺論常州詞派的讀詞方式〉，王書賓，《常州工學院學報》第 28 卷第 5 期，2010 年 10 月。

20. 〈常州詞派建構之樞紐——論董士錫之詞學活動〉，陳慷玲，《成大中文學報》第 31 期，2010 年。

21. 〈譚獻《復堂詞》論略〉，劉紅燕，《文學界：理論版》第 4 期，2012 年。

七、其　他

1. 《清史稿》，〔清〕趙爾巽等撰，《清代傳記叢刊》本，周駿富輯，臺北，明文書局，1985 年。

2. 《增補菊部群英》，〔清〕譚獻撰，《清代傳記叢刊》本，周駿富輯，臺北，明文書局，1985 年。

3. 《群英續集》，〔清〕譚獻撰，《清代傳記叢刊》本，周駿富輯，臺北，明文書局，1985 年。

4. 《懷芳記注》，〔清〕譚獻注，《清代傳記叢刊》本，周駿富輯，臺北，明文書局，1985 年。

5. 《浙江忠義錄》，浙江采訪忠義局編，《清代地方人物傳記叢刊》本，國家清史編纂委員會編，揚州，廣陵書社，2007 年。

6. 《歷代兩浙詞人小傳》，周慶雲輯，《清代地方人物傳記叢刊》本，國家清史編纂委員會編，揚州，廣陵書社，2007 年。

7. 《碑籍傳補》，〔清〕閔爾昌纂錄，《三十三種清代人物傳記資料匯編》本，天津圖書館歷史文獻部編，濟南，齊魯書社，2009 年。

8. 《半巖廬遺文》，〔清〕邵懿辰，《清代詩文集彙編》本，《清代詩文集彙編》編纂委員會編，上海，上海古籍出版社，2012 年。

9. 《蘭當詞》，〔清〕陶子珍，《清代詩文集彙編》本，《清代詩文集彙編》編纂委員會編，上海，上海古籍出版社，2012 年。

10. 《樊山集》，〔清〕樊增祥，《清代詩文集彙編》本，《清代詩文集彙編》編纂委員會編，上海，上海古籍出版社，2012 年。